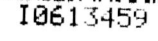
# LES
# SEPT CONTES
## NOIRS,

*Par*

## Louis Couailhac.

## PARIS,
BOHAIRE, BOULEVARD DES ITALIENS, N. 10;

## LYON,
BOHAIRE, RUE PUITS-GAILLOT, N. 9.

1832.

LES

# SEPT CONTES NOIRS.

LYON , IMPRIMERIE PLARET RUE ST DOMINIQUE , N 13

# LES
# SEPT CONTES
## NOIRS,

*Par*

## Louis Couailhac.

## PARIS,

**BOHAIRE, BOULEVARD DES ITALIENS, N. 10;**

## LYON,

**BOHAIRE, RUE PUITS-GAILLOT, N. 9.**

1832.

# CAUSERIE D'OUVERTURE

APRÈS les poëmes viennent les poétiques;
après Homère, Aristote.

D'abord un homme se trouve auquel la
nature a donné une imagination créatrice, et
une voix harmonieuse qui a de l'écho parmi
les nations ; puis vient l'homme de travail
et de patience qui prend en main l'ouvrage
du premier, l'examine sous toutes ses faces,
le dissèque, l'étend sur le papier sans chair
ni coloris et après en avoir tracé la confor-
mation, dit aux jeunes auteurs : C'est comme
cela qu'il faut faire. De là ces mille repro-
ductions d'un même type. Ainsi, Lefranc de
Pompignan, La Harpe, Arnault, etc., ces
satellites de Racine, gravitent autour de la
grande planète tragique et la suivent unifor-
mément dans toutes ses phases ; Boileau
n'a-t-il pas mis Racine dans la bonne route

et n'est-ce pas un devoir d'obéir au législateur du Parnasse, comme on disait au temps des talons rouges? Voila pourquoi nous ne pouvons éviter depuis un siècle le pâle *confident*, éternelle doublure du héros et l'interminable *récit* qui remplace l'action par des mots. --- Voltaire fit bande à part; tout en conservant les formes classiques de la tragédie grecque, il se servit du drame comme d'un moyen d'opposition, comme d'une voix pour répandre ses sentimens dans les masses. De son temps la publicité avoit peu d'issues et le langage philosophique étoit obligé de se renfermer dans le salon d'un grand seigneur ou dans l'enceinte d'une Académie; les lettres de cachet remplaçaient alors les ciseaux de la censure. Voltaire crut avec raison que la foule rassemblée sur les banquettes d'un théâtre, attentive, disposée à recevoir toutes les impressions, se pénétrerait facilement de ses préceptes, lorsqu'elle les entendrait sortir de la bouche des acteurs qu'elle idolâtrait; il monta sur la scène comme dans une chaire de philosophie. La sauvage Alzire et le sarrasin Orosmane nous débitèrent de belles maximes sur le ton de philanthropes du dix-huitième siècle ; autant j'aurais aimé entendre madame Denis ou Saint-Lambert. --- C'est ainsi que Voltaire fit descendre de nouvelles idées au milieu du peuple ; aussi vit-on en 93 plus d'un bonnet rouge sorti de l'échoppe du savetier ou des ateliers des faubourgs, dire en voyant tomber la tête d'un ecclésiastique non assermenté :

Les prêtres ne sont pas ce qu'un vain peuple pense,
Notre crédulité fait toute leur science.

Alors la morale était mise en action.

Ici une question importante se présente : les règles sont-elles de quelqu'utilité au génie ? Gagne-t-il à prendre leur forme , plutôt que d'apparaître aussitôt aux yeux des hommes tel qu'il est sorti des mains puissantes du créateur ? Homère ou les Rhapsodes auraient-ils écrit des vers plus sublimes après avoir lu le cours normal de quelqu'érudit au style pédantesque ? Nous croyons que l'orateur n'a pas plus besoin de rhétorique , que le poète de poétique. Et que m'importent si les figures que je fais dans un moment de chaleureuse improvisation sont des figures de pensée, des synecdoques ou des cata-chrèses? Elles me viennent à la bouche sans que je les cherche et mon auditoire est in-téressé ; je ne veux rien de plus. Les tropes de Dumarsais ne feront jamais qu'un so-phiste ; la nature crée seule un orateur. L'éloquence de Mirabeau ne devait rien au fatras des écoles. — Commentateurs, étudiez les ouvrages des grands maîtres et d'après leur manière établissez des préceptes, si vous le voulez ; ceci est œuvre curieuse pour les amateurs de bouquins, et particulière à vous ; mais ne prétendez pas imposer ces préceptes à ceux qui se sentent quelque chose là, comme disait André Chénier. Scudéry nous a gâté Corneille ; le Cid me fait pleu-rer sur Agésilas.

Lorsque je vois quelque grand génie surgir tout à coup à la tête d'une époque et s'écrier d'une voix forte : *Me voila;* et que je vois de jeunes talens se mettre à sa suite et lui faire queue, je me dis : *C'est grand dom-mage ; ceux-là se fourvoyent.* Car pour réus-sir et faire œuvre de longue durée, il faut être soi et non pas autre ; l'originalité seule donne un passeport en règle pour aller au-delà de la médiocrité. Imitez, et vous restez dans le cercle de vos amis, dans l'enceinte étroite d'une camaraderie ; vous êtes Emile Deschamps et non pas Victor Hugo ; vous êtes écrivain de coterie et non pas de postérité.

Je vous aime me traçant à grands traits un vaudeville grivois entre un verre de vin blanc et une douzaine d'huitres, si le ciel vous a accordé, comme à Brazier et à Dumersan, le don des couplets et des calembourgs. Mais lancez-vous dans l'Alexandrin et risquez une tragédie, je vais me boucher les oreilles et me tordre de rage dans une loge des Français. --- A chacun sa mission. A Paul de Kock le roman chéri des grisettes ; à Eugène Sue l'Océan et ses accidens de pirates. --- A vous, M. Anicet-Bourgeois, le mélodrame de l'Ambigu, à un autre les tréteaux des Funambules. Mais, de grace, n'en sortez pas, car je vous siffle de concert avec le public.

--- Jeunes gens, ne croyez qu'en vous-mêmes.

C'est pitié d'entendre un homme demander encore à un autre : Êtes-vous classique
ou romantique? Autant vaudrait demander:
Êtes-vous Français ou Picard? Autrefois,
étant au collége, nous allâmes applaudir
avec fureur aux premières représentations
d'Hernani dont nous ne sentions pas encore
bien les beautés, mais qui était un signe de
ralliement pour le parti auquel nous nous
étions attaché sans savoir pourquoi. Alors
nous éprouvions à la vue d'un classique l'horreur qu'éprouve un lecteur du Constitutionnel
pour le républicain ou le garde national qui
ne monte pas sa garde. Maintenant quand nous
parlons littérature, nous disons : Êtes-vous
naturel, c'est-à-dire écrivez-vous franchement
ce que votre nature vous inspire? Voila la
seule école que nous reconnaissions.

Le cheval est beau dans les steppes de
l'Ukraine lorsqu'au soleil levant il agite sa
crinière brillante et jouit fièrement de sa liberté; comparez-le maintenant à cet ignoble
animal qui, chargé de harnais disgracieux,
traîne une voiture et courbe la tête sous le
fouet du régulateur de sa course.

Toi, à qui Dieu a mis quelque chose dans l'ame qui souffle et demande à résonner, marche dans ton indépendance où tu traceras des pages qui porteront le cachet de la servilité, et ton œuvre ne sera que la contr'épreuve de l'œuvre de quelque grand écrivain. — Que de poëmes épiques depuis l'Iliade jusqu'au Philippe-Auguste de certain membre de l'Institut ! Eh bien! dans cette immense carrière c'est à peine si les chants passionnés de Virgile, à peine si l'art brillant de Voltaire peuvent arrêter les yeux sur l'Enéide et la Henriade. C'est que ces deux grands hommes suivaient une marche donnée et qu'ils faisaient de l'Iliade au lieu de faire du Virgile ou du Voltaire. —Retourne à tes moutons, berger de Mantoue ; philosophe de Ferney, donne nous encore de ces délicieuses épîtres où ta facilité cadencée revet d'un style enchanteur une sagesse caustique et railleuse.

Je lis un auteur estimé, académicien et pensionné du Roi ; il écrit comme ont écrit bien d'autres avant lui ; c'est l'écolier qui décalque à la vitre le modèle de son profes-

seur. Ma foi, j'aime mieux voir le dessin premier. Je cours vite chercher mon Racine et
mon Lafontaine et je laisse de côté Pertinax
et Monsieur de Fonvielle. N'est-ce pas juste?

Si l'on trouve de temps en temps dans un
écrivain une idée originale, une expression
neuve et hardie, l'esprit s'arrête avec surprise et plaisir. Nous avons lu vingt fois *les
Orientales* sans nous lasser. On criera à l'in-
novation, à l'irrégularité. Oh! Monsieur des
quarante, soyez donc un instant irrégulier.
Votre livre est tiré au cordeau. Oh! faites-moi
un peu de désordre, s'il vous plait. --- Vous ne
pouvez pas? Eh bien donc, restez dans vos
lignes ; mais vous étiez né pour être géo-
mêtre, pour tenir le compas et non pour
tenir la plume. --- Les élucubrations d'un
lauréat de l'Académie nous ont laissé froid
comme marbre et nous avons la fièvre toutes
les fois que nous venons de lire Notre-Dame
de Paris. Pourtant il ne manque au lauréat
ni points, ni virgules, et ses périodes sont
balancées avec un soin tout universitaire.
Rhétorique, que me veux-tu?

--- Une littérature ne doit pas être l'expression générale d'un siècle ; mais l'expression multiple de chaque individualité d'un siècle. Quand elle a un teinte uniforme pendant un certain laps de temps, vous pouvez être sûr qu'il y a là un homme de génie qui marche et un troupeau qui le suit. Pour être brillante, une littérature veut être variée. — On s'ennuie à parcourir la Flandre, grande plaine à l'uniforme fécondité ; mais l'ame est délicieusement agitée quand on descend la Saône et que l'on contemple ses bords à nature si variée, ses mille accidens de sites, d'un côté ses plaines verdoyantes de la Bresse et de l'autre ses riches côteaux du Mâconnais. — Le dix-septième siècle n'a été que la riche reproduction d'un seul système, — la Flandre.

Depuis deux ans le tumulte politique a un peu étouffé la voix criarde des sectes littéraires ; plaise à Dieu que nous ne l'entendions plus et que chacun suive son chemin. Tout homme maintenant prend sa part des affaires publiques et les poètes eux-mêmes ne laissent pas la leur. Tandis que le député dit son opinion à la tribune, que le publiciste développe la sienne dans une feuille périodique, Lamartine plaide en vers pour les ministres coupables ; Némésis fouette de son hémistiche sanglant les Sinons qui sont au pouvoir ; Chateaubriant entoure une mauvaise cause des prestiges de son éloquence ; et tout cela est du journalisme en grand. — Et c'est bien. — Il faut que les hommes à organisation poétique mettent aussi la main à l'œuvre de notre grande régénération, et lorsque les passions se seront enfin calmées, lorsque la France, heureuse, libre, reprenant dans l'Europe le rang qui lui convient, ira sa marche glorieuse, alors ils n'auront plus qu'à entonner des chants de triomphe et à guider l'humanité vers le progrès social. —Jusque-là, mes maîtres, criez d'un cri retentissant contre ces Judas qui après avoir pendant quinze ans donné au peuple une généreuse impulsion vers la liberté, lui disent maintenant : *Tu t'arrêteras là !* et lui opposent une digue de baïonnettes et de canons ! Némésis, stigmatise d'un fer chaud ces ministres qui après avoir eu en 1830 de l'indignation de commande contre les violateurs de la Charte, la violent eux-mêmes en 1832 avec plus d'impudeur encore ; qui après s'être servi de la ruine d'un roi parjure comme d'un degré pour monter au pouvoir, profitent maintenant de l'étude qu'ils ont faite de ses fautes afin d'arriver sans danger au but où il tendait ; qui ne craignent pas de lancer les citoyens les uns sur les autres par de perfides insinuations, et d'établir, comme le voulait Charles X, leur systême sur des cadavres ; qui professent une horreur sans bornes pour Danton et Robespierre, et qui, parodistes d'une grande époque, se livrent tout-à-coup à des mesures de terreur sans avoir pour excuse le concours d'événemens impérieux qui entraînait l'énergique Convention. Ah ! si la restauration leur faisait mal au cœur, quel sentiment devons-nous éprouver, nous autres patriotes, en face d'un pouvoir qui, favorisé par le hazard, enivré par une victoire inattendue, s'affuble tout-à-coup de la force, comme le renard de la peau du loup et ment à toutes ses promesses en disant : j'ai des soldats. Uu beau jour les soldats égarés redeviennent peuple, les citoyens abusés ouvrent les yeux, et la fai-

blesse reste seule et dans toute sa nudité devant l'indignation légitime d'une grande nation. --- A ce jour la punition de la fraude !
---Jusque-là, chante encore, Némésis ; tu as
belle et bonne matière. ---Courage, notre délivrance est à ce prix.

--- Du reste jamais époque n'a été plus
riche que la nôtre en imaginations brillantes,
en talens de sève jeune et vigoureuse. Le
théâtre a vu se dérouler des scènes pleines
d'intérêt et de larmes ; Antony nous a ra-
conté ses souffrances d'homme passionné au
milieu d'un monde frivole où il trouve à peine
une ame qui réponde à la sienne, où sa
nature large et vigoureuse se débat en vain
dans les langes de la civilisation ; c'est Wer-
ther luttant contre le code. ---Le roman est
devenu une puissance littéraire, une arène
où les talens se sont essayés tour-à-tour et
ont combattu à armes courtoises. On y fait
de l'histoire en déshabillé, on nous introduit
dans l'intérieur de faits dont nous n'avions vu
que la surface ; Charles II fait le bel esprit
non loin de l'échafaud de Charles Ier, et Richelieu appuie sa terrible puissance sur les in-

trigues du capucin Joseph. — On y parle amour
religion, philosophie. Le roman est une vaste
scène où tous les genres viennent faire entendre leur voix. Quel concert immense depuis Cinq-Mars et les Martyrs jusqu'à l'Ane
mort, depuis Indiana et les Intimes jusqu'aux
Contes drôlatiques. — D'autres, grands amateurs de parchemins et de vieux manuscrits,
furètent les recoins des bibliothèques, se-
couent la poussière des vieux in-folio, res-
suscitent le moyen âge et nous le mettent
tout palpitant devant les yeux dans des drames
pleins de vie et de chaleur. L'étude les a
tellement initiés aux secrets du bon vieux
temps, qu'ils en connaissent l'allure, les
mœurs, tous les détails de costumes et d'existence comme s'ils avaient caracollé parmi les
chevaliers de Philippe-Auguste ou porté
l'hermine en la docte Université vers l'an
1506. Grace à eux nous sommes revenus
de ce moyen âge tel que nous l'avaient fait
les romanciers et les antiquaires passionnés
du dix-huitième siècle, Florian et messieurs
de Ste-Palaye ; de ce moyen âge fardé, et
musqué, portant des mouches et des paniers

et ressemblant à faire peur aux tournois
du Carrousel ou aux fêtes de madame de
Pompadour ; de ce moyen âge rempli de
châtelaines enlevées, de paladins pourfen-
deurs aux casques brillans, à la lance dorée,
à l'accueil gracieux ; nous avons dit adieu à
la féerie des castels ; nous sommes entrés
dans la réalité des villes, et nous avons vu
la rue du Fouare avec ses écoliers à la cape
sale et trouée, au jeu ardent et petit d'écus,
aux vifs jurons de *par la géhenne*, au bâton
ferré toujours menaçant ; la cour des mi-
racles et son peuple de Truands et de Bohé-
miens, pillard, paillard, grand caresseur
d'amphores, grand détrousseur de passans
vers la minuit, besogne des archers, gibier
de potence, collier à mettre autour de Mont-
faucon ; puis Louis XI accroupi daus son
fauteuil comme un argentier du Pont-au-
Change, avec sa vieille casaque rapée, son
pauvre bonnet qui ne vaut pas dix sous pa-
risis, vivant d'une vie toute bourgeoise, sans
chevalerie ni prouesses, entre Olivier le
Daim et Tristan l'Hermite. C'est ainsi que
nos romanciers-antiquaires du dix-neuvième

siècle ont levé le voile à paillettes d'or sous lequel on nous avait caché l'histoire de nos bons aïeux; Il y a loin de Tancrède et de Gonzalve de Cordoue à Jehan de Bourgogne et à Charles de Navarre. Mais pourquoi ne pas se contenter de la peinture fidèle des mœurs et greffer encore le vieux langage sur une action déja brillante de couleur locale, et qui aurait de l'intérêt dans tous les temps. ---Bibliophile Jacob, vos études sur le moyen âge sont assez profondes, votre connaissance de ses habitudes, assez exacte, pour ne pas copier servilement des mots et des phrases entières dans les chroniques et les vieux mémoires. Ce n'est là qu'une œuvre de patience et non de verve. Lorsque votre imagination vous prodigue les pensées, lave descendant du Vésuve, pourquoi arrêter leur fougue ardente, les refroidir en les soumettant à des termes surannés, les dépouiller de la forme heureuse qu'elles avaient revêtue et les encadrer de vive force en des expressions vieilles pour les quelles elles n'étaient point faites ? --- N'est-ce pas un suicide ? Ne semble-t-il pas voir un corps rose et frais de jeune fille couvert des haillons de la misère ? --- En lisant l'histoire de la Esmeralda, on ne rencontre aucune friperie de style Villonien ou de joyeuseté Rabelaisienne, et certes le tableau ne manque ni de vérité, ni de coloris. Et si les pages de ce livre sont si animées et si brûlantes, si quelquefois vous vous êtes pris à pleurer au récit des amours de la pauvre Bohémienne, c'est que là la passion n'est pas gênée et parle sa véritable langue.

Et nous aussi nous sommes un habitué des bibliothèques publiques, un chercheur d'antiques écritures, un dénicheur de gros livres rongés aux rats ; déja sur les bancs de l'école nous étions à la piste des mots à couleur gothique pour enluminer un discours français ou donner une teinte romantique à de timides ballades. Mais deux ou trois années de plus nous ont apporté une légère dose d'observation ; dès lors toute fois que nous sommes venus à vouloir esquisser quelques scènes des âges féodaux, la plume nous est tombée de la main, arrêté que nous étions par la vue de notre propre société. --- Et en effet, connaissez-vous rien de plus

dramatique que la société actuelle, placée
comme un point de repos entre le dix-huitième siècle et celui qui doit suivre le nôtre,
halte où les défenseurs des idées rétrogrades
et des idées nouvelles se frottent les membres d'huile et s'appuyent sur les reins, arène
où ils combattent et par la plume et par le
fer, lieu de fusion où se rencontrent face
à face le gentilhomme de la cour de Louis
XVI et le banquier-courtisan de la nouvelle
royauté, le magistrat des anciens parle-
mens et l'avocat prolétaire, espèce de pont
joignant deux rives ensemble et jetté sur
un précipice dans lequel mugit et bouillonne
un torrent aux mille voix, antagonisme de
tous les jours qui doit finir par l'alliance des
deux camps ou plutôt par le triomphe com-
plet de l'un sur l'autre. Que de contrastes! Le
hobereau de campagne qui avait autrefois gi-
rouette au colombier, droits de chasse, priviléges de justice et plein avantage sur les
roturiers, reste depuis seize ans stupéfait devant cette Charte dont le premier article
consacre l'égalité de tous devant la loi; il
est tout désorienté au milieu d'un état de

choses qui le taxe pour l'impôt aussi bien que le bourgeois de ville ou le juif vendeur d'argent et ne le garantit pas de la poursuite d'un procureur du roi, de la visite d'un gendarme et d'une vente de mobilier par autorité de justice. C'est par impatience de ce niveau humiliant que des hommes d'âge mur et de tête blanche, les Civrac et autres quittent le coin du feu et la vie confortable pour aller se traîner dans les buissons et les halliers, se cacher sous des trappes ou complotter dans les souterrains d'un vieux château comme des traîtres de mélodrame. Puis viennent les jeunes gens tels qu'il s'en trouve dans tous les partis, les têtes à imagination exaltée et romanesque, les Cathelineau, les Bonnechose, les Larochejacquelin, qui s'enthousiasment pour le malheur d'une femme et qui seraient morts le 10 août en défendant Marie-Antoinette; qui maintenant allument la guerre civile sans se souvenir de Quiberon, et, suivis de malheureux paysans, exposent leurs poitrines aux balles des soldats de ligne. C'est un singulier spectacle aussi de voir les habiles de la troupe,

ceux qui ont bien deviné le seul moyen par
lequel on peut à présent faire triompher une
cause, abdiquer le superbe dédain que pro-
fessaient leurs aïeux pour le métier d'écrire,
déposer l'épée du chevalier et prendre la
plume du publiciste, combattre dans cent
gazettes par le raisonnement et la logique,
rédiger des Chartes-Genoude et des actes
d'adhésion aux États-Généraux, prendre enfin un masque de légalité sous lequel on
voit percer l'oreille du haut et puissant
baron.

— Et la religion, quand a-t-elle jamais
offert autant d'oppositions curieuses? L'Eglise
n'est plus une puissance par elle-même, mais
une faible partie de l'État; décretée par la
chambre des députés, elle existe au même
titre que la loterie et les bureaux de tabac;
son budget est débattu comme la subvention
des théâtres, et ses prières sont estimées à un
taux plus bas que les ronds de jambe et les
points d'orgue. Ainsi, comme de nos jours
tout se pèse au poids de l'or, nous pouvons
dire que la coulisse est placée au dessus de
l'autel. Les prêtres vivent dans l'apathie et

nous donnent, au lieu de bons exemples, de froids sermons parce qu'ils sont payés pour cela comme l'employé pour écrire et l'officier pour commander un peloton ; ou bien ils se jettent à corps perdu dans les intrigues politiques et mettent Dieu au service d'un parti ; ou bien encore, suivant l'esprit du siècle, ils spéculent sur le culte et font de la messe métier et marchandise ; lorsque ceux-ci sont à l'autel, c'est le négociant à son comptoir ou la courtisane sur son lit. — Il s'est élevé dans notre temps de ces grandes controverses théologiques qui sous le règne de Louis XIV eussent exercé la polémique de Bossuet et attiré les regards de la cour et de la ville ; les appels au pape de M. de Lamennais n'ont pas dérangé un seul boutiquier de la lecture de son journal. C'est que l'indifférence en matière de religion est descendue profonde dans les esprits et que beaucoup d'hommes ne croient plus qu'en leur conscience. Cependant des tentatives diverses ont eu lieu pour ramener la société au sentiment religieux. — L'abbé Châtel et ses adhérens célébrèrent la messe en français, et cette hérésie qui deux siècles plus tôt auraitfait tonner les foudres du Vatican ou allumer des bûchers orthodoxes, n'excita que les plaisanteries du *Corsaire* et la sainte colère des dévotes. N'est-ce pas un crime en effet de vouloir mettre les cérémonies du culte à la portée du peuple et de lui traduire sa religion en une langue qu'il comprenne? — Puis des hommes se sont montrés qui ont osé tenter une entreprise gigantesque sans autre secours que leur foi dans l'avenir ; écoutez : opérer la fusion du spirituel et du temporel, réunir en un seul faisceau le culte, le commerce et le gouvernement, faire concourir toutes les capacités et toutes les fortunes à la prospérité commune, établir une hiérarchie d'amour et d'intelligence qui partît dela divinité pour aller par des anneaux innombrables se rattacher au dernier des hommes! Et ils ont essayé cela dans notre siècle d'égoïsme, au moment où le riche se cramponne à son coffre-fort ; jeunes gens, ils ont dit adieu aux illusions et aux préjugés de la jeunesse, ils ont, comme l'ordonne l'Evangile, tendu l'autre joue au soufflet; hommes faits, ils ont

brisé tous les liens et tous les intérêts qui
retiennent les hommes ; pour se livrer à leur
mission d'humanité, ils ont quitté le bureau
du publicain et les filets du pêcheur. Chose
singulière de voir se renouveler à notre
époque l'abnégation apostolique de St. Luc
et de St. Pierre ! --- Quand la morale a-t-
elle offert plus de faces saillantes et pronon-
cées ? Une jeune fille entraînée par un mouvement de vanité, étourdie par les protesta-
tions d'un amour passionné qu'elle ne partage
que trop, s'abandonne à un séducteur dont
l'adresse l'a amenée là ; le lendemain lui va
dans le monde se vanter de sa bonne fortune sans que sa propre réputation soit
nullement blessée et il rit de l'infortunée aux
genoux de laquelle il était la veille ; elle, moins
coupable, est retranchée de la société comme
un membre gangrené, montrée au doigt,
honnie, repoussée de toute alliance, et n'a
plus d'autre ressource que de courir se jeter
du haut d'un pont dans la rivière ; ah ! je
me trompe : elle peut encore aller à la préfecture de police, entrer dans ce lieu que par
une atroce dérision on nomme *Bureau des*

*mœurs*, et là prendre une carte qui l'introduit dans un monde nouveau pour elle et lui permet de vendre son corps aux passans tous les jours et à toute heure par autorisation du gouvernement. — Autrefois l'escolier en Montaigu et l'homme d'armes tout en payant de leurs beaux deniers la ribaude au regard lascif et à la ceinture dorée, conservaient pour elle une partie de ce respect qui entourait alors la femme, reine des tournois et dame des pensées. La femme aujourd'hui n'est plus regardée que comme un ressort propre à faire marcher le systême du monde, une nécessité de l'économie sociale, une faiseuse d'enfans, une machine à plaisir, suivant l'expression naïve de madame de Staël. Souvent elle se dégrade elle-même et se vend d'un côté pour acheter un amant de l'autre ; admirez aussi cette prodigieuse infamie de l'homme qui fait commerce de lui-même. Ceci est la tache particulière à notre époque. —Un malheureux père sans ouvrage a volé un pain chez le boulanger pour nourrir sa femme qui pleure et ses cinq enfans qui crient; vite à lui la cour d'assises !

à lui le carcan ! à lui la marque ! Mais place
à l'élégant tilbury de l'agent de change qui
a déja dépouillé sept ou huit familles à son
infame jeu de bourse ! Place! Car ce vol-là
est toléré par l'Etat. — Arrêtons-nous ; on
aurait les mains trop sales à fouiller cet égout,
à remuer ce tas d'ordures.

Notre siècle présente encore un bon côté
aux écrivains, c'est l'extension du drame.
Le drame s'est généralisé ; il ne fait plus son
unique séjour des hautes régions ; il ne se
renferme plus dans l'enceinte de la cour des
rois ; il n'est plus le triste privilége des seuls
Atrides ; il est descendu plus bas. Le drame
maintenant est au milieu du peuple et c'est
le peuple qui y joue le principal rôle; non plus
le rôle de Figaro, du valet souple d'Almaviva,
plus spirituel que son maître, se moquant de
lui, mais obligé cependant de ployer sous
son pouvoir, comme au dix-huitième siècle,
alors que le philosophe assis à la table d'un
noble Mécène détruisait d'une main hardie
ses parchemins et ses prérogatives tout en
s'abritant à l'ombre de sa haute protection.
Le peuple maintenant a la belle page du

drame ; il marche seul et sans appui. C'est lui qui vuide les trônes, pousse les royautés et les jette au loin ; c'est lui dont l'action puissante remplit tous les actes et décide le dénouement. Le temps des Marguerite d'Anjou et des Warvick est passé ; aujourd'hui une Marguerite d'Anjou ne rassemble en Vendée que quelques déserteurs et court à tout moment le risque d'être prise par une patrouille de gendarmes ; aujourd'hui c'est le peuple qui est Warvick, c'est-à-dire le faiseur de rois. Mais il est fatigué de ce rôle et je crois que bientôt il se trônera lui-même.

Donc à quelqu'un qui nous dirait : « Notre » époque est trop positive ; il n'y a pas de » place pour un homme à tête poétique ; » nous répondrions : « Regardez les événe- » mens qui se déroulent devant vous, jetez » un coup-d'œil sur les hommes et les » choses qui vous entourent, et puis osez ré- » péter encore qu'il n'y a pas de place pour » un homme à tête poétique ? » N'était-ce pas, à votre avis, un rare et imposant spectacle que de voir ce vieillard à cheveux blancs, déja acteur dans deux grandes tragédies, fi-

gurant encore dans une troisième révolution
faite par ses petits-enfans, et grand-prêtre
de la liberté, imposant au balcon de l'Hôtel-
de-Ville devant la multitude souveraine la
consécration de ses mains à une royauté
nouvelle, à cette royauté qu'il croyait une
nécessité du moment. Puis quelques mois
après ce même vieillard repoussé brutalement par l'homme qu'il avait fait roi, traité
par lui d'infame imposteur, abreuvé d'injures
par tous ces entoureurs de trônes qui viennent après le combat et usurpent la victoire,
verse des larmes sur son erreur et sur les
infortunes d'un peuple que lui-même a, sans
le savoir, conduit dans le piége. — N'y aurait-
il pas une peinture énergique à faire des souffrances intérieures de ce patriote qui après
avoir lutté contre la tyrannie, pendant les
quinze années de restauration en conspirant,
vers 1830 a la face du soleil, après avoir
vu en face les juges des cours prévôtales et
essayé les marches des échafauds de Louis
XVIII, salue avec Lafayette l'aurore d'une
monarchie entourée d'institutions républicaines, et quelque temps après, s'aperçoit

qu'il a été trompé, que sa vie pénible de combats et de travaux est à recommencer, et se trouve forcé d'avouer avec douleur que les rois sont tous les mêmes et que la couronne gâte tout ce qu'elle touche. — Et ce jeune homme, qui, exaspéré des persécutions et de la marche honteuse du gouvernement qu'il a concouru à établir, se laisse imprudemment entraîner par une provocation de police, élève les barricades du 5 juin, combat pour une théorie contre des gens qui croient combattre pour leur coffre-fort, échoue contre un pouvoir qui s'étoit préparé de longue main à cette lutte, et n'ayant contre lui que le tort des circonstances, est traîné devant un conseil de guerre et là accusé de blessures qui deux ans auparavant lui eussent donné la gloire et de nobles récompenses. --- Voila de puissantes oppositions ! --- Ah ! nous nous trompons fort, ou la haute poésie et le drame sont répandus à pleines mains dans les bulletins de nos feuilles périodiques.

--- C'est là notre opinion.

Cette préface est bien longue pour un ouvrage si court. Mais lorsqu'on entre dans une carrière quelconque, politique ou litté-raire, il faut bien donner sa profession de foi ; vous avez lu la nôtre à nous jeune hom-me obscur, qui faisons le premier pas dans la lice, qui n'avons encore écrit que des ar-ticles de journaux et quelques poésies ren-fermées dans un livre à deux auteurs dont nous n'avions rempli que la moitié. Cepen-dant si quelqu'esprit chagrin s'écriait : Cette causerie d'ouverture a été faite pour grossir le volume, nous nous tairions, comme l'en-fant qui vient d'être pris en flagrant délit et que le maître tient par l'oreille. --- Nous ac-cordons aussi qu'il y a peut-être dévergon-dage d'idées, mélange confus de littérature et de politique : que voulez-vous ? Lorsqu'on prend la plume pour la première fois, tout ce qui s'est, pendant de longues années, amassé de sentimens dans un cœur d'enfant, de pensées dans une tête de jeune homme, se fait jour à travers l'esprit et vient impé-tueusement prendre sa place sur le papier sans vous laisser le choix ni l'heure.

Enfin, puisse la critique épargner assez
notre essai pour que nous puissions dire :

Anch' is son pittore.!

# L'Espagnol.

L'Espagne , c'est le soleil d'Afrique, les
mœurs mauresques...
Armand MARRAST.

# I.

## JALOUSIE.

Une surtout . — Un ange, une jeune Espagnole
Blanches mains , sein gonflé de soupirs innocens ,
Un œil noir, où luisaient des regards de Créole,
Et ce charme inconnu , cette fraîche auréole
Qui couronne un front de quinze ans.

V. HUGO.

MADRID présente aujourd'hui un spectacle animé. Tous les édifices publics sont pavoisés; les troupes sont sous les armes. Le peuple , aux visages bruns, attiré par la curiosité, remplit les rues, les places, et se précipite vers les portes de la ville. On voit dans la foule quelques paysans Castillans avec le filet pendant derrière la tête, le chapeau à larges bords, suivis de leurs femmes et de leurs filles, beautés aux yeux noirs et aux jupons courts. Quelques capucins profitent de la solennité pour quêter en faveur de leur couvent. Rôdent çà et là des hommes à large manteau et à figure cachée, qui pérorent de temps en temps au milieu des groupes, comme pour les exciter à une vengeance.

C'est qu'on attend aujourd'hui à Madrid les troupes françaises qui viennent de la Navarre. C'est encore un secours envoyé par Sa Majesté Impériale Napoléon I<sup>er</sup> à son auguste frère Joseph, roi des Espagnes.

— Par la Sainte Vierge, Marquitta, ma douce, on dit que ces Français aiment assez à jouer de la langue et de la prunelle autour des jeunes filles... Vous savez que c'est bien contre mon gré que je vous ai amenée ici avec votre mère... Aussi, croyez-moi... Baissez les yeux, Marquitta, baissez les yeux quand les hérétiques passeront...

— Ne vous ai-je pas juré devant l'image de ma patrone que je vous serais toujours fidèle, Lorenzo ?

Lorenzo parut satisfait.

C'était un jeune paysan des environs de Madrid qui se trouvait là avec sa fiancée.

Mais de joyeuses fanfares éclatent dans les airs. — Les Français arrivent. — La musique guerrière d'un régiment de dragons régale les oreilles des jolies Espagnoles. — Les officiers jettent plus d'un regard sur les balcons et les fenêtres à jalousies entr'ouvertes. Aucun d'eux n'oublie la pauvre Marquitta, qui cependant a la tête inclinée vers la terre ! Mais elle est si fraîche ! il y a tant de grace dans sa pose, tant de régularité dans ses traits ! A chaque nouveau coup-d'œil militaire, Lorenzo se tourne vers Marquitta avec une vivacité inquiète ! Ce garçon là a du feu dans l'ame; sa prunelle brille comme l'amorce d'un pistolet d'arçon.

Voila le 38ᵉ de ligne avec ses grenadiers à vieille moustache, ses voltigeurs qui comptent leurs étapes des Pyramides à Vienne. A leur tour-

nure libre et dégagée on sent qu'ils disent en
eux-mêmes : « Admirez, conscrits ! Nous som-
« mes les troupiers du petit caporal, les grands
« vainqueurs de l'univers ! »

— Ohé ! sergent Taupin...., crie un vieux la-
pin de la bande, voyez donc là, à côté, ce coq vi-
gilant qui serre de si près sa poule... On dirait
qu'il a peur qu'elle ne s'envole...

— Si j'étais là, mon vieux, je te promets que
l'amour lui alongerait joliment les ailes, répond
le sergent d'une voix qui sonne l'eau-de-vie.

Toute la division a défilé.

En regagnant la route du village, Lorenzo entendit un homme dire près de lui dans la foule :

— Quand saint Jacques nous délivrera-t-il de
ces damnés Français ?

— Bien souhaité, reprit l'amoureux, en serrant
la main de Marquitta.

## II.

# LE CONFESSIONNAL.

Trois hommes (c'est bien peu pour en trouver un bon.)
Charles NODIER.

Il est soir. — Le soleil vient mourir rouge sur
les vitraux de la vieille église. Le parvis sacré se
teint des derniers feux du couchant, et les ima-

ges des saints se colorent et s'animent. On dirait les premières lueurs du jugement dernier qui viennent réveiller tout ce qui est mort. Mais l'église reste muette. Dans quelques parties règne une profonde obscurité qui est combattue et éclairée çà et là par la lumière des cierges bénis brûlant devant des autels privilégiés.

Entre deux colonnes surgit un noir confessional, dans lequel est assis un moine de saint François, la corde aux reins et le capuchon sur les yeux ; à ses genoux un jeune homme.

— In nomine Patris et Filii et Spiritus sancti. — Il se signe. — Dites votre Confiteor, mon fils.

— Confiteor Deo omnipotenti.... — Et le pénitent murmure à voix basse le reste de l'oraison.

— Avouez vos péchés à la face de Dieu.

Lorenzo commença alors la litanie de ses fautes. — Un dimanche passé sans vêpres excita surtout l'indignation de l'homme de Dieu.

Ici la voix de Lorenzo commença à devenir plus suppliante.

— Depuis quelque temps, révérend père, tous mes blés périssaient sur pied, tous mes chevaux et mes moutons mouraient sans que j'en sus la cause. Alors le voisin Paolo me donna une bonne idée. Il me dit que la vieille Josépha, qui passait pour une sorcière, avait jeté un sort sur

moi et mes biens. Il était juste de me venger.
Je me suis mis le soir avec Paolo en embuscade
auprès de la maison de la sorcière, et, au moment où elle rentrait, nous l'avons tant battue
qu'elle en est morte. L'Alcade, qui est un saint
homme, nous a acquittés. Mais cette action m'est
restée lourde sur la conscience, et je vous la
confesse.

Tout le corps du moine sembla tressaillir, et
ses yeux s'allumer sous le capuchon.

— Vous avez commis un grand crime, s'écria-
t-il d'une voix qui vibra terrible sous les voûtes
silencieuses ! Vous avez porté la main sur l'in-
nocent! Ce n'est pas la vieille Josépha qui a fait
périr vos troupeaux et sécher vos moissons! C'est
Dieu, oui, Dieu qui a détourné sa face de notre
face, Dieu qui étend sa main vengeresse sur nous
à cause de la présence des Français schismatiques
sur la sainte et catholique terre d'Espagne. Les
Français ont amené avec eux tous ces maux, et
nous en verrons de bien plus grands encore.

La main de Lorenzo s'agita comme pour saisir
une arme.

— Tu ne sais donc pas qu'ils veulent détruire
toutes les églises, abattre tous les Christs, retran-
cher tous les sacremens ! Tu ne sais donc pas
qu'ils veulent faire de nos enfans des impies et
des hérétiques. Ils jettent la débauche dans vos
maisons ; vos lits sont tout chauds d'adultère.

La pudeur de vos filles est une perle à la merci de ces pourceaux! La religion des Espagnols est traînée dans la fange et dans l'insulte par ces Judas!

Lorenzo trépigna d'impatience, et ses pieds résonnèrent sur les larges dalles.

— Tu as fait un grand péché, enfant! C'est sur les Français qu'il faut te venger! c'est dans le sang des Français qu'il faut laver tes souillures devant Dieu! Judith coupa la tête à Holopherne, et les anges chantèrent un cantique dans le ciel! Combattez tous pour la délivrance de la vieille Castille.... Si vous ne pouvez tuer ces schismatiques en combat réglé, comme vos frères des montagnes, attendez-en un au coin d'un bois, saignez-le à l'ombre. — Mon fils, reviens dans quelques jours, annonce-moi que tu as fait du mal aux ennemis de notre Dieu, et tu recevras l'absolution. — Au revoir, pécheur..!

Lorenzo se leva, les yeux enflammés, le visage pourpre, embrassa la main du père et sortit de l'église.

Le moine le vit partir debout et la bouche riante, comme Lucifer envoyant Caïn au meurtre d'Abel.

Et c'était un grand spectacle dans cette vieille église, le soir, au soleil couchant.

### III.

# CONTRAINTE.

L'st-il au monde un état plus affreux que le mien !
J. J. ROUSSEAU.

LORENZO était bien changé depuis quelque temps ; Marquitta, qui autrefois redoutait tant sa jalousie, avait peine à le reconnaître. Il ne lui ordonnait plus de baisser les yeux devant les Français ; il détournait la tête quand il se trouvait près d'eux avec sa fiancée. Il saisissait toutes les occasions de la conduire sur la place où avaient coutume de se promener les officiers de dragons cantonnés dans le village.

Il y en avait un surtout, Alphonse Beauclair, brave et beau jeune homme qui avait gagné ses épaulettes à la bataille d'Austerlitz, et dont toutes les filles de la paroisse parlaient tout bas.

Lorenzo ne recommandait pas à Marquitta d'éviter sa rencontre. Bien souvent même il lui fit remarquer sa jolie moustache blonde, sa chevelure bouclée sous le casque, sa taille bien prise à la ceinture du galant uniforme. Et peu à peu un sentiment, qu'elle n'avait pas encore éprouvé, se glissa dans son ame pour le jeune Français.

Etait-ce la faute de Marquitta ? Oh ! non ! car elle était bien étonnée.

Un jour Lorenzo passait devant la maison où les Français se réunissaient pour fumer et pour boire.

— Tiens, Alphonse, dit l'un de ces étourdis en regardant à la fenêtre, voila l'élégant caballeros qui suit toujours ta jolie castillane, la dame de tes pensées... Appelons-le donc... Il pourra peut-être nous fournir quelques renseignemens utiles...

— Tu as raison.... Il nous servira.... Hola.... Hola....

Lorenzo accourut en hâte.

— Pourriez-vous me dire, mon garçon, quelle est cette jeune fille, au pied si mignon, que vous accompagnez quelquefois avec sa respectable mère.

— Mon cavalier, c'est Marquitta, la fille du fermier Panço. Elle ne demeure qu'à deux portées de carabine d'ici.

Puis sa figure devint rouge de colère ou de plaisir.

Alphonse reprit :

— Oh ! mes amis, la bonne idée ! — Jeune homme, vous chargeriez-vous bien d'un billet pour la jolie Marquitta?

— Certainement, mon cavalier.

Et Alphonse se mit à écrire, disant : « lâchons de suite la demande de rendez-vous ! »

— C'est cela, c'est cela... Frappe le grand coup, s'écrièrent tous les fous en riant aux éclats et en vidant leurs verres.

Cependant Lorenzo était là, pâle, les yeux éteints ; ses genoux fléchissaient sous lui, et il broyait entre ses doigts les bords de son large chapeau. Certes il avait l'air de bien souffrir, et sa figure contrastait singulièrement avec toutes ces figures rieuses.

Lorenzo reçut d'abord une pièce de monnaie de la main d'Alphonse, ensuite le billet, et le porta à Marquitta.

La pauvre fille rougit en le lisant.

— Eh ! quoi c'est vous, Lorenzo, qui m'apportez cela ?..

— Il faut que nous soyons prudens, Marquitta. Les Français sont maîtres ici ; ils peuvent nous faire bien du mal, nous chasser de notre maison, dépouiller et tuer notre père et notre mère.

— Que ferai-je donc ?

— Vous irez, dit-il d'une voix sombre.

Marquitta tressaillit et le regarda fixement.

— Oh ! n'ayez pas peur, reprit Lorenzo ; je parle tranquillement. Je sais obéir à la nécessité qui nous vient de Dieu.

— Où, et quand ?

— Lisez... C'est écrit : « Demain, au point du jour, dans le petit bois. »

— J'irai...

## IV.

# LE RENDEZ-VOUS.

———

Molles que sub umbra susurri.
HORACE.

LORENZO passa une grande partie de cette nuit en prières devant une sainte image qu'il avait dans sa chambre. Souvent il embrassait la terre et se signait en pleurant. Puis il aiguisa un long couteau qu'il prit sur la table, et chargea sa carabine avec amour et attention. De temps en temps il s'interrompait pour regarder la pièce de monnaie que lui avait donnée Alphonse, et grinçait des dents. Il dormit une heure.

Au point du jour il était en route vers le petit bois.

A mi-chemin il s'arrêta un instant devant une croix, et récita un Pater et un Ave pour prendre courage.

L'amour avait encore été plus exact que la vengeance.

Marquitta et Alphonse étaient depuis un quart-d'heure au rendez-vous. Le sous-lieutenant avait mené l'affaire à la française, et Marquitta avait été faible, parce qu'elle était espagnole et qu'elle aimait.

Lorenzo arriva malheureusement cinq minutes trop tard. — Avant de voir les deux amans, il ne voulait en tuer qu'un; il les tua tous deux. Ensuite il remit la pièce de monnaie dans la poche d'Alphonse et partit.

Une heure après il reçut l'absolution de la main du moine et alla rejoindre les guérillas dans les montagnes.

# La Femme.

Et il forma la femme d'une côte de l'homme.

GENÈSE.

I.

# LA PROMENADE SENTIMENTALE.

———

Un sourire mouillé de larmes... .
HOMÈRE.

Ils descendaient tous deux la rue Saint-Jacques.

Jeune homme et jeune fille, un de ces couples que le vieillard voit passer en disant : Et moi aussi j'ai été heureux !

Lui, menait à Paris cette existence du quartier latin, joyeuse, aérée, indépendante, partagée entre l'Odéon et l'École de Droit, entre la société des amis du peuple et les plaisirs champêtres de la barrière Mont-Parnasse.

Elle, avait une de ces figures fraîches et piquantes, qui apparaissent comme une vision fantastique à travers les carreaux d'un magasin de lingerie, qui vous fascinent et vous arrêtent à la vitre malgré la neige et le vent; et puis imaginez-vous une de ces tailles parisiennes, jolies à prendre dans la main, qui, portées sur deux pieds mignons, glissent rapidement au milieu de la poussière de nos jardins comme une sylphide aérienne au sein d'un nuage vaporeux. —Délicieux à voir.

Les voilà tous deux. — Une telle association

est, à mon avis, plus morale qu'un mariage brouillé. Mais, patience... j'espère bien que M. Schonen n'a pas renoncé à sa loi du divorce.

Ils s'étaient rencontrés je ne sais comment, s'étaient vus quelquefois à la dérobée je ne sais où, et s'aimaient de cœur, comme on s'aime pour la première fois alors que la passion est encore neuve, et que l'ame ne s'est point usée au frottement de la débauche. — C'était leur première sortie, leur premier rendez-vous en plein air. Aussi quelle joie..! Comme Louise était rouge de plaisir! Comme Adolphe était fier des regards qu'on jetait sur sa bien-aimée! De temps en temps, sous prétexte de relever son bras, il lui serrait la main, et elle répondait à son tour par une douce pression. Mais ils n'osaient pas se regarder; il faut être seuls.

D'un commun accord, et peut-être par ce sentiment qui rapproche si fort les grandes joies des grandes tristesses, ils choisissent pour but de leur excursion ce cimetière auquel le confesseur jésuite de Louis XIV a donné son nom, et dont il a fait cadeau à la bonne ville de Paris; de sa part, c'était peut-être une expiation. Mais toutes les victimes des dragonnades n'auraient pas pu tenir dans cette enceinte quelque vaste qu'elle soit.

Les voila donc dans les allées sablées, heureux et folâtrant sous les cyprès. On dirait les ombres

de deux amans qui se sont relevées pour s'aimer
encore au soleil. Leurs paroles entrecoupées heur-
tent l'air comme la dernière prière d'un mou-
rant. Ils s'arrêtent çà et là pour lire une épita-
phe : « Bon père, bon époux et marchand de
chevaux. » Plus loin : « Julie Bontemps, morte
à dix-sept ans. *Un de Profundis* s'il vous plaît.»
Pauvre jeune fille...! Et ils se regardent... et un
léger nuage couvre leur front.

— Mais, mon ami, quel est ce tombeau si
grand, avec des colonnes, et sur lequel on a jeté
tant de couronnes d'immortelles ?

— C'est la dernière demeure d'Héloïse et
d'Abailard....

— Héloïse et Abailard... mais attends donc...
Il me semble que j'ai entendu dire...

— Ce sont deux amans qui vivaient il y a bien
long-temps... Ils furent séparés par des parens
cruels... Après la mort d'Abailard, Héloïse recueillit son corps, et pour ne plus s'en séparer,
fit élever ce tombeau dans lequel ils sont enfer-
més ensemble.

—Oh! que c'est gentil de ne jamais se séparer,
d'être réunis pour l'éternité, comme dit M. d'Ar-
lincourt dans son roman de... de... ma foi, je
ne m'en souviens plus... Adolphe, si tu m'aimais
autant que je t'aime...

— Eh! bien...

— Tiens... jurons-nous que lorsque l'un de

nous deux mourra, l'autre ne restera plus sur la terre que le temps nécessaire pour faire élever sur nos tombes, à quelque prix que ce soit, un monument qui rappelle long-temps à tout le monde combien notre tendresse a été vive...

— Tu es folle...!

— Je t'en supplie, dit la jeune fille élevant vers lui ses beaux yeux bleus et l'enlaçant dans ses bras.

Et ils le jurèrent en étendant leurs mains sur le tombeau d'Héloïse.

Ils partirent contens.

Six mois après, Adolphe fut tué dans un duel.

## II.

## LE JEU.

———•—•———

Ils ne sont pas les seuls dont l'or ait fait la perte.
A quoi sert un trésor....

Ch. NODIER.

— MADAME, vous êtes charmante ce soir...

— Monsieur, on me l'a déja dit huit fois; vous êtes en retard, lui fit-elle sèchement.

Et le jeune fashionable, jouant avec son lorgnon, pirouetta sur le talon de sa botte et alla à une autre table d'écarté.

Cette femme était belle, mais pâle ; ses yeux étaient creusés par les larmes qui y avaient laissé leur trace. Sa figure était sérieuse, son maintien froid et calme, son regard fixe. Elle avait l'air d'un remords au milieu de tout ce plaisir.

Mais je ne me trompe pas ; c'est Louise... Oui, Louise devenue femme, Louise bien changée, Louise triste à présent... Ce n'est plus la jeune fille d'autrefois.

Elle est toute entière au jeu ; elle étudie les cartes avec application. On est peiné de voir une belle vie comme celle-là perdue au milieu des as de cœur et des valets de trèfle. Elle serre son gain avec joie. Lorsqu'elle perd, elle semble contrariée comme d'un retard.

De temps à autre un petit vieillard chauve, à la voix chevrottante, à la main osseuse, au jarret vacillant, mais jabotté, pincé comme un dandy, parfumé d'eau de Cologne, s'appuie sur le dos de sa chaise et lui dit bas à l'oreille :

— Bonne amie, perds-tu? As-tu besoin d'argent?

— Oui, dit-elle toujours, et elle serre dans sa bourse.

Nous sommes dans une maison qui tient le juste milieu entre un salon de la chaussée d'Antin et un brelan de la rue Vivienne. Vous y voyez beaucoup de femmes à vertu contestée, qui y viennent sous le bras de cavaliers avec lesquels elles se sont vues pour la première fois autre part que devant l'officier municipal. Sur la simple présentation d'un habitué, la dame du logis reçoit gracieusement tous ceux qui font sonner quelques écus dans leur poche. On danse, on joue, on mange aux frais des perdans. Çà et là circulent quelques masques de la rue de Jérusalem. — Avis au public.

Louise ne danse jamais. On l'appelle la belle joueuse.

Onze heures sonnent. Le petit vieillard lui apporte son boa, lui met son châle sur les épaules et elle sort avec lui.

Pauvre Louise !

Ils montent dans la voiture qui les attendait à la porte. « Cocher, chez Madame ! »

## III.

# LA CHAMBRE A COUCHER.

Mensonge dans le boudoir, dans le salon, au bal, au spectacle, partout où la sensibilité se développe, le beau et l'enthousiasme s'exaltent; mensonge aux momens les plus doux, les plus enivrans de la vie. Malheureuses femmes !
( Globe du 31 mars 1832. )

LOUISE et le petit vieillard sont assis sur le même sopha.

— Mais, monsieur Devienne, vous n'y pensez pas. Comment, voila déja deux heures du matin, et vous logez si loin d'ici. Mais partez donc.

— Ma chère Louise, vous m'entraînez toujours dans la foule, là où on ne peut causer à son aise. — Il lui baise les mains. — Il y a si long-temps que je n'ai eu d'entretien particulier avec toi. C'était le 18 du mois dernier; j'en prends note. — Il lui embrasse le cou. — Un peu de complaisance, méchante...

— Non, non...! à votre âge être aussi peu raisonnable! non, j'y suis bien décidée, par intérêt même pour vous...

Et à la lueur de la lampe, on aurait pu voir le dégoût contracter sa figure.

Ici, le vieillard tire à moitié un écrin rouge de sa poche. Les yeux de Louise brillent d'un vif éclat, sa main se porte vers l'écrin par un mouvement convulsif.

— Ma chère Louise, j'ai passé ce matin chez mon joaillier, et je t'apporte une parure...

Louise la saisit avec avidité et se jette dans les bras du vieillard. Oh! c'était pitié d'entendre les baisers d'une femme jeune et fraîche retentissant sur les joues creuses de cet homme. — Soufflez donc un feu éteint. — Elle se pendait à son cou, et lui, faible et chétif, tremblottait sous le poids de son bonheur. Quelle réunion! — J'ai ouï-dire que Carrier, le proconsul de Nantes, l'inventeur des noyades républicaines, accouplait un corps rose de jeune fille à un cadavre livide. — N'est-ce pas la même chose?

Enfin Louise entre dans son alcove, Devienne la suit, et le silence règne jusqu'au grand jour dans cette enceinte mystérieuse où l'un achetait et l'autre vendait. — Triste marché !


## IV.

## L'ISRAELITE.

Israël est vainqueur.....
Alfred de Vigny.

— Jeannette, allez chercher Siméon.

Louise était dans son boudoir et venait d'achever sa toilette. La femme de chambre revient avec l'honnête brocanteur. C'était un de ces juifs parisiens qui conservent encore quelques traits distinctifs de leur caste sous le costume et les habitudes de la civilisation. On peut les reconnaître à leur nez long et courbé, à leurs yeux noirs, à leur figure orientale. Ils portent toujours dans leurs vastes goussets des bijoux, des cornalines, des cachets de montre, qu'ils présentent à tout instant à leurs amis et connaissances. Chez eux l'esprit de commerce envahit jusqu'aux plus simples rapports de la vie privée. Au spectacle, pendant la conversation , devant une demi-tasse, leur main est toujours sur le point de fouiller à la poche, pour en extraire un échantillon de café ou un assortiment de turquoises. Quand vous demandez à un juif l'heure qu'il est, il tire sa montre et vous dit : Voulez-vous me l'acheter? Si le négociantisme était banni de la terre, il se réfugierait dans la tête d'un enfant de Moïse. Les juifs sont les courtiers du genre humain. Cet animal nummivore fréquente le boulevard du Temple. On le voit le samedi, jour du sabbat, au café de la Gaîté, jouant au classique domino, entouré de sa femme et de ses filles , qui ne sont pas à dédaigner. — Son fils vend des contremarques à la porte de l'Ambigu. — Toute la famille aime le mélodrame et les échaudés.

— Siméon, voila de nouvelles pierreries que j'ai à vous vendre.

— Volontiers , madame. — Il met ses lunettes.

— Voyez, l'eau du diamant est belle, la couleur des améthystes est pure.

— Les affaires vont si mal, madame. La révolution de juillet a desséché les branches de l'industrie nationale. — Il lisait la *Quotidienne.* — Et puis je suis surchargé de famille ; j'ai neuf enfans , sans compter...

— Mais vous m'avez dit huit...

— Ah! pardon, madame; je me trompais d'un.

— Je sais bien que vous vous trompez toujours à votre avantage. — Elle sourit. — Mais à combien m'estimez-vous cette parure?

— Madame, parole d'honneur, parce que je vous connais, parce que vous êtes une ancienne pratique, parce que je me ferais un scrupule de vous tromper, et que j'ai une grande estime pour votre personne, je vous en donnerai... — Il compte sur ses doigts. — Un, deux, quatre, neuf... En voulez-vous deux mille deux cents francs?

— Oh! Siméon, vous plaisantez. Vraiment ce serait pour rien. Mettez trois mille deux cents...

— C'est trop fort..... Voyons, deux mille cinq cents?

— Trois mille cent?

— Deux mille huit cents?

— Au dernier taux, trois mille?

C'était bien triste de voir Louise profaner sa jolie bouche à marchander avec un juif, flétrir ses lèvres si roses au contact de l'argent.

L'Israélite prend son chapeau.

— Madame, la révolution de juillet a desséché toutes les branches de l'industrie...

— C'est bon, c'est bon... — Siméon fait un pas vers la porte.

— J'ai neuf, c'est-à-dire huit enfans...

— Bien, bien... — Siméon fait un second pas vers la porte.

— Il revient tout à coup.

— Allons, donnez. C'est pour vous obliger. Voila trois mille francs en espèces..... en espèces.....

A la porte il répète encore, *en espèces*, comme s'il regrettait son argent ; mais c'était pour cacher sa joie d'avoir fait un bon marché.

Louise compte la somme avec attention.

## v.

# LE COFFRE-FORT.

Faut-il gémir ! Faut-il chanter!
LAMARTINE.

LOUISE est seule ; la voila qui ouvre le tiroir de sa toilette avec une clef qu'elle retire de son sein. Des rouleaux d'or y sont rangés en ordre ; elle y ajoute ceux qu'elle vient de recevoir, fait l'inventaire de tout son trésor et laisse échapper un geste d'impatience, comme s'il y manquait encore quelque chose, pour solder le long mémoire d'une marchande de modes ou acheter un nouvel attelage.

Elle prend des lettres signées du nom d'Adolphe et les relit ; puis elle regarde une miniature en pleurant.

Cependant depuis quelques jours elle est plus joyeuse après avoir visité son trésor, elle pleure moins en regardant la miniature.

## VI.

# LA RÉUNION.

Hélas ! que j'en ai vu mourir de jeunes filles !
C'est le destin, il faut une proie au trépas ;
Il faut que l'herbe tombe au tranchant des faucilles..
Victor HUGO.

LE 28 novembre au matin, le petit vieillard arrive à onze heures. — Madame n'a pas encore sonné.

Il attend jusqu'à midi en parcourant le petit Courrier des Dames et le Dernier jour d'un Condamné. Les femmes aiment les extrêmes. — Madame dort encore sans doute.

Une heure. — Pas de nouvelles de madame. On s'inquiète, on enfonce la porte, Devienne entre.

Louise est étendue sur son lit, échevelée, la tête en bas, les yeux clos, pâle comme un lys fané. Son cœur ne battait plus. Elle dormait dans la mort.

Toutes les issues avaient été hermétiquement fermées ; il y avait même du coton dans le trou de la serrure ; du charbon ardent était encore là dans un brasier ; le vieillard comprit.

Il trouve sur la toilette un billet à son adresse, l'ouvre et lit :

« Mes dernières volontés.

« Je veux que l'on ensevelisse mon corps au « cimetière du père Lachaise, grande allée, dans « une fosse que j'ai fait creuser à côté de celle « d'Adolphe Cholin. On portera la somme qui « est dans le tiroir de ma toilette à M. Bernardi, « sculpteur, rue de l'Odéon n° 13, qui, selon « nos conventions, doit élever un monument sur « ces deux tombes. »

Le vieillard alla faire sa déclaration au commissaire de police, en disant : C'est dommage; c'était un corps bien blanc.

# La Fille du Chirurgien.

Bien que sur deux beaux yeux votre lèvre se joue
A travers le satin de la plus belle joue ,
Sous la peau la plus fine et le plus doux transport
Vous sentez percer l'os d'une tête de mort.

( A. BARBIER. )

# L'ÉTUDIANT.

Elle était douce et faible....
( DESBORDES VALMORE. )

M. Dupont demeure dans l'hôpital Saint Louis, dont il est chirurgien en chef. Sa maison, entourée d'un joli jardin, offre un spectacle qui plaît et console au milieu de ce vaste réceptacle de douleurs. C'est l'oasis dans le désert.

Comme l'œil après avoir péniblement parcouru toutes ces têtes hâves et maladives, coiffées de l'ignoble bonnet de toile blanche et portant la trace des maux du corps, éparses çà et là sur la verte pelouse ou dans les salles fétides, ainsi que les visions d'un mauvais rêve, comme l'œil se repose avec plaisir sur la tête blonde et fraîche de Marie, la fille du chirurgien en chef.

Marie est le seul fruit qui reste au vieillard d'une union long-temps heureuse; la mère est morte en donnant le jour à cet enfant qui est pour son père un souvenir et une consolation.

M. Dupont s'est adonné tout entier au soulagement de l'humanité; c'est un bon moyen d'oublier ses propres peines, que de consoler celles des autres; c'est la recette des honnêtes gens. Il

3

vit au milieu de l'hospice comme au milieu d'une
famille, triste famille que les maladies lui ont
faite! Il traite comme des enfans les malades
qui ne l'appellent que le *bon vieux*. Lorsqu'après
une opération pénible qui a exercé sa patience
et sa sensibilité il rentre dans son hermitage, la
vue de sa fille le délasse, ses embrassemens
joyeux, le son de sa douce voix lui font oublier
les convulsions et les cris déchirans de la douleur. Il passe avec elle de bonnes et longues soi-
rées auprès du feu pétillant de l'hiver, ou bien,
vers le printemps, penché à son bras, il va ré-
chauffer sa tête blanche au soleil de la prome-
nade voisine; et par des conversations instructi-
ves et sages, il forme peu à peu le cœur et l'esprit de sa chère Marie.

Oh! monsieur Dupont est un vieillard bien
heureux.

Depuis quelque temps la société est partagée
par Victor Lefèvre, élève interne de l'hôpital.
Le chirurgien a découvert en lui d'heureuses qua-
lités, des dispositions brillantes, et il l'a pris en
affection; il lui a ouvert sa maison et sa bibliothèque. Victor cause bien, lit encore mieux, et
sa présence fait passer les heures plus agréablement. Il entre dans les idées politiques de M. Dupont, il applaudit à ses opinions sur la pratique,
et a soin cependant d'élever de temps en temps
des discussions qui alimentent le discours et ont

toujours une issue conforme à la thèse soutenue
par le père de Marie; de plus (avantage immense),
il a la patience de faire souvent la partie d'échecs
ou de dames. Grace à la réunion de tous ces talens, Victor a fait de grands progrès dans l'amitié
de son patron. A-t-il été aussi heureux auprès de
Marie ? — Jugez-en.

Trois mois après l'entrée de Victor dans la
maison, il était assis dans le salon auprès de la
fille, pendant que le père était enfoncé dans la
lecture du Journal des Débats, et il-lui disait à
voix basse :

— Oui, mademoiselle, votre vue remue délicieusement les fibres de mon cœur... Puisqu'il
faut l'avouer... Je vous aime ! — En ce moment
il enflait sa voix avec passion.

— Monsieur Victor, de grace, en présence de
mon père. — Et Marie était pourpre de honte.

— Oh ! rien ne peut arrêter la violence du
sentiment que j'éprouve.... Rien.... Si vous me
ressembliez ! Avez-vous vu dans le dernier livre
que je vous ai prêté, comme Héloïse, cette fille
si vertueuse, accepte l'amour de St-Preux ?...
Et pourtant il n'était pas aussi malheureux que
moi ! — Ici Victor verse presque des larmes.....

Marie est tremblante et ne lève pas les yeux.

— Marie, répondez, répondez-moi !

— Je ne puis... Je ne sais... — Elle baisse la
voix et lui dit presque à l'oreille : —Apportez-
moi le second volume d'Héloïse...

Un éclair de joie passa dans les yeux de Victor.

— Le voila, oh ! puisse-t-il vous inspirer ! —Il tire à la hâte de sa poche le livre qu'il lui donne à la dérobée ; elle le cache dans sa boîte à ouvrage.

M. Dupont quitte son journal.

— Je parie, s'écrie-t-il, que vous vous chamaillez encore au sujet de la dernière coupe des chapeaux de paille.

—Justement, répond le jeune homme en riant d'un rire forcé.

Marie devient pâle, car c'est la première fois qu'elle trompe son père ou plutôt la première fois qu'elle a un complice pour le tromper.

Victor exploite ce sujet de passion en vrai carabin, comme il aurait exploité un sujet d'hôpital auquel il donnerait peu à peu tous les breuvages qui doivent l'amener à un état favorable pour l'opération. Il est habile séducteur ; après avoir parcouru la hiérarchie morale des grisettes, il a déja déshabillé de leur vertu quelques pauvres victimes d'un rang obscur, et maintenant qu'il a mis la griffe sur une proie plus noble, il la caresse avec soin pour mieux lui porter la mort jusqu'au cœur. Il est devenu grand contempteur de femmes, habitué qu'il est à voir leurs formes les plus suaves abandonnées à ses attouchemens quotidiens pendant une maladie, ou exposées sans défense devant lui dans un amphitéâtre,

sous la forme quelquefois belle encore d'un cadavre; c'est un matérialisme en action; l'amour
n'est pour lui que de la chair humaine.

Le voilà qui glisse en secret et par degrés à la
jeune fille des livres qui lui allument l'ame, et
qui doivent la jeter dans la situation où il la veut
pour ses desseins; il épie les progrès d'un œil
attentif, et nourrit avec adresse la plaie qu'il a
fait naître. Au bout de quinze jours la pauvre
Marie avait lu les contes de La Fontaine, et après
les vingt ou trente premières pages de Faublas
elle disait à Victor sous un bosquet du jardin :

— Quoi, Victor, tu pars déja ?..

— Que veux-tu, chère amie ? J'ai là-bas à dis-
séquer un corps jeune et d'une carnation superbe...

— Est-ce une raison pour me quitter sitôt ?..

— Comment une raison ?.. Et l'étude, bonne
amie, l'étude...

— Tu ne me parlais pas de cela il y a un
mois...

— Oh! il y a un mois, j'étais un paresseux...
Aussi ai-je déja oublié toute la théorie des nerfs.

Il partit et elle se mit à pleurer amèrement.

Cependant la grossesse avançait; il fallait prendre un parti. Marie donne un rendez-vous à Victor dans sa chambre après le coucher de M.
Dupont.

— Victor, il n'y a plus moyen de cacher notre

liaison... Toute dissimulation me pèse... Il faut
tout avouer à mon père... Viens...

— Comment, douce amie, tout avouer à ton
père... Et les suites ? Ma famille, qui a des vues
sur moi, ne consentira jamais à cette union...
Alors ton père irrité me fera renvoyer de cet éta-
blissement où m'attend une position superbe....
Calcule donc un peu mieux...

— Je ne calculais pas moi, Victor...

— Et que ferai-je, privé de la pension que mes
parens me font tous les mois ? Dissimulons jusqu'à ce que j'aie obtenu ici la place que j'ambi-
tionne... Alors ton brave homme de père s'adou-
cira et consentira à notre bonheur..... Je me
moquerai de mes respectables parens... Et tout
s'arrangera.... Mais patientons.... patientons....
Eh! bien, tu ne m'écoutes pas? ¡Comprends-
tu?...

— Non, non, Victor... Par notre amour,
sauve-moi de la honte et de la colère de mon
père... Déja je ne puis plus me corser, et bientôt il s'appercevra de la faute que j'ai commise...

— Comment, déja? Trois, quatre, cinq mois...
Mais c'est bientôt venu... Je n'ai jamais vu cela!
Cependant examinons, il est possible qu'un corset bien lacé cache encore quelque temps notre
étourderie... Essaye un peu, bonne amie... Où
est ton corset ?...

— Comment, vous voulez...

— Oui, oui, il faut avoir recours à tous les moyens avant d'en venir à une esclandre.

— Mais le corset me fait mal...

— Pàrbleu !.. Ne dois-tu pas te gêner un peu dans une position comme la nôtre... Je me gêne bien moi pour venir ici... Sans compter tous les désagrémens qui m'attendent encore.

Marie est là debout devant son maître, pàle, obéissante, subjuguée; elle a peine à trouver les œillets qui ne se rejoignent pas, et déja le lacet ne suffit plus...

— Attends, bonne amie, je vais t'aider dans cette petite opération...

Victor serre le corset d'une main ferme.

— Assez, s'écrie-t-elle d'une voix défaillante.

— Encore un peu.

— Assez, je vous en supplie, je souffre horriblement...

Elle saisit avec un mouvement convulsif le lacet qu'il ne lâche qu'à contre cœur.

— Allons, ma toute belle, puisque tu le veux...

Et il passe devant pour voir l'effet...

— C'est vrai, la chose est un peu trop forte. — Aprés une pause. — Il faut que tu sortes d'ici...

— Sortir d'ici.... dit-elle prompte et effrayée....

— Oui... Je t'assurerai au dehors un asyle convenable... Tu y passeras tes couches... J'obtiendrai la place que je désire... Alors nous avouerons tout à ton père qui, une fois le premier mouvement de courroux passé, t'embrassera de bon cœur... Mais dans ce moment, il faut que tu sortes d'ici...

— Non, Victor, criait Marie en se tordant les bras et en sanglottant.

— Il le faut... Demain je viendrai te chercher à la même heure et tu sortiras d'ici, ou bien je t'abandonnerai à toi-même. — Il sortit.

Marie tomba à genoux devant son lit et l'arrosa de ses larmes. Long-temps elle pria avec ferveur, mais le ciel ne l'inspira pas. Toujours elle en revenait malgré elle à la fuite, la fuite honteuse de la maison paternelle! Que pouvait-elle faire seule, dénuée de tout secours, revêtue seulement de son crime en face de l'indignation de son père qui éclaterait terrible au moment où il apprendrait que cette vertu de sa fille, dont il était si fier, était à la merci d'un homme, que cette fleur si belle, que sa main avait élevée et embellie, venait d'être flétrie par le souffle empoisonné d'un libertin. — L'instant devait être affreux, et Marie ne pouvait en supporter l'idée. — Elle aimait mieux se reposer dans l'espérance et attendre des meilleurs jours.

Et puis ce qui venait encore déchirer son ame et ajouter à la violence de ses remords, c'était la

pensée de s'être livrée à un homme qui ne méri-
tait pas tant d'amour ! Mais, privée de son père,
elle n'avait plus que Victor au monde, et elle
s'y attachait, l'infortunée, comme le naufragé se
cramponne à la planche pourrie qui doit l'aider
à regagner le rivage.

Le lendemain matin, M. Dupont vint chercher
sa fille dans sa chambre pour aller voir ensemble une jeune femme malade à laquelle ils s'in-
téressaient tous deux ; elle avait excité leur pitié par son repentir après une vie licencieuse, et
M. Dupont avait résolu de lui fournir les moyens
de revenir au bien.

— Comment allez-vous, Justine ?

— Mieux, mieux, je vous remercie, Monsieur,
et je dois cela à vos généreux soins et à ceux de
votre bonne demoiselle.

— Persévérez dans ces bons sentimens, Justine, et nous serons assez payés de tout ce que
nous avons fait pour vous...

— Oh ! Monsieur, vous ne placez pas mal vos
bienfaits, je vous le jure... je n'étais pas née pour
le vice... j'avais de bons penchans... ma famille
était honnête... Mais j'en ai été arrachée par un
lâche qui m'a ensuite abandonnée et réduite à ce
lit d'hôpital.

Marie qui écoutait attentivement et les yeux
effarés, tomba en faiblesse ; on la porta dans sa
chambre, et son père attribua cette indisposition
subite au mauvais air du lieu.

Vers six heures, Marie allait mieux ; elle se leva. Les paroles de Justine retentissaient toujours à son oreille. Vingt fois elle fut sur le point d'aller faire un aveu à son père ; mais tout à coup il lui semblait voir ses yeux s'allumer, entendre sa bouche la maudire, et elle n'osa.

A onze heures Victor était près d'elle.

— Partons...

— Non, je ne puis...

— Qu'est-ce à dire ? Il n'y a pas à hésiter...

— Et mon père... et sa douleur après mon départ... non... non...

— Eh bien ! reste... tu le veux... je fuis pour toujours, je renie toute liaison avec toi, et ton enfant restera marqué au front d'une tache ineffaçable...

— Mon père... mon enfant...

Victor profite de ce moment d'indécision... Il l'entraîne avec force, la fait monter dans un fiacre qui les attend à la porte, et la dépose dans un logement qu'il a fait préparer loin de tous les regards et de tous les soupçons, rue des Postes, au faubourg Saint-Jacques.

Le lendemain, il déplore avec les autres à l'hôpital le malheur de ce pauvre M. Dupont, et le soigne dans une maladie qu'il fait à la suite de la perte de sa fille. Du reste, toutes les recherches dirigées par l'étudiant furent complètement inutiles.

Marie accoucha ; Victor fit porter sa fille aux enfans trouvés, pendant que la mère la croyait en nourrice ; puis, lorsque Marie eut quitté son lit, il paya le loyer en secret, la fit sortir sous prétexte de santé, la perdit dans un quartier qu'elle ne connaissait pas, et l'abandonna au coin d'une borne ou sous les galeries du Palais-Royal.

Chez un chirurgien la pitié gâte la main.

Plus tard, lorsque M. Dupont parvint enfin à connaître le séducteur de sa fille, Victor Lefèvre qui, en cas de malheur, avait fait ses paquets d'avance, alla occuper en Russie une place de chirurgien-major dans les armées impériales.

## II.

# LA PROSTITUÉE.

Avant le soir j'ai fini ma journée.
( André Chénier. )

M. Dupont ne pouvant supporter davantage la vue des lieux où la vie lui avait été si douce autrefois, demanda un changement et passa dans l'hospice de la rue de Sèvres. Il vivait là seul et retiré, et ne paraissait que dans les visites importantes où sa présence était indispensable.

Un jour on vint le chercher pour opérer quelques-unes de ces malheureuses qui usent leur corps et leur santé à assouvir les passions au déboursé.

Il descend.

Tout à coup, au milieu de ces physionomies amaigries et étiolées par la débauche, il en reconnaît une.

C'était Marie.

Ils tressaillent tous deux comme s'ils avaient touché la même chaîne électrique.

— Je n'ai encore vu, ce me semble, aucune de ces demoiselles, prononça lentement M. Dupont.

La prostituée sentit le mot et baissa la tête.

Dans ce moment, une révolution s'opéra dans les traits du père; on aurait dit qu'il faisait un pénible effort sur lui-même.

— A vous, dit-il en s'adressant à sa fille d'un air indifférent.

Les servantes l'étendirent sur le lit de douleur.

Elle était là, étalée, flétrie, exposée de tous ses membres nus aux ignobles plaisanteries de ses compagnes d'infamie et aux regards impitoyables et froids de son père.

C'était bien triste pour celle qui avait été Marie.

Aussi avait-elle les yeux fixes et immobiles comme une morte à qui la main d'un époux n'a pas clos la paupière.

Dupont, après avoir hésité un instant, saisit l'instrument aux mains de son aide et s'approche:

— Vous avez dû être jolie; jeune fille? Votre figure dément le vil métier que vous exercez. Sans doute vous avez été enlevée aux bras de vos parens par quelque jeune débauché...

Marie donne signe de vie et jette sur le chirurgien un coup d'œil suppliant.

Il ne voit rien et continue implacable :

— Vous avez peut-être laissé un père dans la désolation...

Marie trembla de tous ses membres et sembla prête à laisser échapper des paroles et des larmes..

Alors Dupont se pencha vers elle, et d'une voix forte et concentrée :

— Contiens-toi, malheureuse !

Puis il commença l'opération.

Il porte l'instrument sur le mal avec attention, semble chercher pendant une minute l'endroit favorable, fait tout à coup jaillir le sang et bande la plaie avec promptitude.

Cependant Marie avait senti une larme brûlante tomber sur son sein.

— Qu'on emporte cette femme...

Et puis, comme vaincu par cette pénible tentative, il remet sous quelque prétexte l'instrument aux mains de son aide et quitte la salle.

Le lendemain, il alla de bonne heure au lit de Marie, la vit pâle et sortit.

Le surlendemain il y retourne, la trouve plus pâle encore, et se retire en disant : c'est bien.

Le troisième jour il arrive au moment où elle semblait reposer; il la regarde épuisée, affaiblie, dormant de ce sommeil haletant et entrecoupé qui annonce la mort; ses yeux exercés ne s'y trompent pas. Il s'approche du lit, s'enfonce dans les rideaux pour ne point être apperçu, et d'une voix basse et coupée par des sanglots étouffés : — Me voila donc seul à présent sur la terre! Et c'est moi qui l'ai tuée...!

Puis il se penche sur l'oreiller et dépose un baiser sur le front décoloré et froid de sa fille.

Elle se réveille en sursaut, reconnaît son père qui est là devant elle comme une funeste apparition, lui tend les bras et expire en jettant ces mots : — Pardon, mon père !!

Alors on vit M. Dupont sortir vite, et dire en passant à l'infirmier : — Le N° 31 est mort.

— C'est bien, monsieur, on va le porter à l'amphitéâtre; les élèves attendent de l'ouvrage.

Je crois que M. Dupont n'existe plus.

# Le Paria.

Dieu d'un souffle brûlant avait formé mon ame.
Don fatal ! Et je meurs pour avoir trop aimé !

(LAMARTINE.)

I.

# ASSASSINAT.

A quoi tient la vie d'un homme, mes frères!
(Le Père BRIDAINE.)

— Dis donc, Paméla, sais-tu bien qu'il est devenu joliment embêtant ton Alfred ?

— Ne m'en parle pas... Il est triste à présent comme la porte d'un hôpital, lui qui était si gentil autrefois, qui faisait son état si proprement, qui disait de si grosses bêtises pour nous mettre de bonne humeur.

— Et puis comme il tapait ferme sur les payans qui voulaient s'émanciper.

— Oh ! j'ai la mort dans l'ame! Regarde-le donc là sur le pas de la porte ; n'a-t-il pas l'air de l'enseigne d'un entrepreneur des pompes funèbres ?

Elle montrait du doigt un jeune homme qui était debout à l'entrée du marchand de vin.

Après avoir vidé les verres et s'être essuyé la bouche sur leur manche, les deux filles se dirigèrent vers la porte. Paméla voulut, au passage, embrasser Alfred qui la repoussa brutalement en disant :

— File ton nœud, tu m'assomes...

Et ces mots juraient avec la figure du malheu-

4

reux ; elle paraissait belle , mais d'une beauté
usée et flétrie. Ce n'était plus qu'un reste. Ses
regards tombaient ternes et languissans. Ses traits
nobles , réguliers, portaient l'empreinte de cette
fatigue qui accuse une débauche ignoble et habi-
tuelle. Il avait eu sans doute une tournure dis-
tinguée dont, avec attention, on pouvait encore
remarquer quelques traces sous la mesquinerie
de son accoutrement. Il avait dû faire étaler devant lui la marchandise de bien des colporteurs
d'habits pour trouver une redingotte qui, tout
en montrant la corde, se ressentît encore d'une
élégance passée et de la coupe d'un tailleur en
réputation. Il ressemblait ainsi à un valet de
chambre couvert de la défroque de son maître.
Enfin, ajoutez à tout cela une expression de tristesse et de dégoût répandue sur ses traits, dans
ses poses, dans ses mouvemens lents et con-
trariés, et vous aurez devant les yeux Alfred
Surmont.

Son histoire était celle de bien d'autres. Né
d'une famille riche et honnête, il avait pris dès
le collége le goût de l'oisiveté et de la dissipa-
tion. En rhétorique, il fréquentait déja les mauvais lieux et les brelans, et il préférait le punch
à Virgile ; la philosophie le vit à son tour plus
assidu aux coulisses de nos théâtres du boulevard
qu'auprès d'Aristote et de Laromiguière. Il était
le fournisseur de mauvais livres de la classe ; il

y arrivait les poches pleines de Guerres des Dieux et de Faublas, qu'il achetait à la dérobée sous les galeries de l'Odéon. Du reste, il brillait par l'esprit, et ses maximes de turpitude débitées avec un langage animé et pittoresque, excitaient le rire et les applaudissemens de ses camarades : on l'écoutait comme un oracle, comme le héros du vice. Aussi il alla vite.

A sa majorité il se fit rendre des comptes par le tuteur que lui avait laissé son père au lit de mort, et dissipa sa fortune en moins d'une année ; il connaissait des moyens si expéditifs ! Il avait des amis si tenaces, des maîtresses si adroites ! L'Opéra d'un côté, Frascati de l'autre, engloutirent son patrimoine. Puis tous les jours il descendit un degré vers le vice ; enfin, de cafés en estaminets, d'estaminets en clapiers, il tomba au point le plus bas où un homme puisse cheoir. Il fit ménage avec une fille publique.

Que voulez-vous ? Il n'avait pas assez d'énergie pour se roidir contre la pauvreté et la dompter ; il prit un moyen fort commode pour qui ne sent plus d'ame respirer dans sa poitrine. Cependant il faut dire à sa louange qu'il soutint quelque temps la lutte contre son mauvais sort, c'est-à-dire, qu'il utilisa ses talens au noble jeu de billard, et vécut de son gain à la Poule ; mais là aussi la fortune le trahit. Il était prédestiné à vivre de ses rentes.

Long-temps il fit les beaux jours du quartier de la Bourse ; long-temps il fut le Lovelace du métier , le Roquelaure de la prostitution. Il soutenait sa compagne avec courage envers et contre tous ; d'ailleurs ses camarades redoutaient ses sarcasmes grossiers qui , dans cette classe , blessent à mort et valent presque le coup de poing. Si quelqu'affaire désagréable appelait Paméla au tribunal correctionnel , si elle avait des désagrémens devant le commissaire du quartier , Alfred la défendait avec conviction et adresse , comme un propriétaire aurait plaidé pour son bien-fonds. Toujours il gagnait sa cause. D'ailleurs la police s'entend si bien avec ces gens-là ! Elle fait la grosse voix contre les patriotes , elle les empoigne , les vexe , les fouille , les assomme , les sabre ; mais respect aux prostituées et aux escrocs ; ils sont de la famille. N'ont-ils pas les mêmes habitudes , le même langage ? J'avoue que j'ai toujours été étonné que la partie la plus morale et la plus honnête de la société fût surveillée , régentée , policée par la partie la plus immorale et la plus déhontée. C'est le monde renversé. A l'hôtel du quai des Orfèvres les minces employés sortent des bagnes et les gros seigneurs font des tripotages et empochent le fruit des pots de vin. — Petits voleurs, et grands voleurs.

Depuis quelque temps on ne reconnaissait plus Alfred dans l'honorable société dont il était membre. Il était soucieux, chose rare dans cette existence toute matérielle, fumait son cigare en silence et ne faisait plus son affaire avec autant de gaîté qu'autrefois. On allait jusqu'à croire qu'il se perdait, qu'il redevenait *simple*, comme ils disent, c'est-à-dire honnête homme. Ses meilleurs amis en rougissaient pour lui ; car dans ce monde-là c'est une honte de songer à la vertu, comme dans le nôtre, de faire une mauvaise action.

Mais voici ce qu'Alfred seul savait :

Un jour de première représentation, il était assis au parterre de la Gaîté parmi ces hommes dont les auteurs payent les suffrages bruyans à tant l'heure ; les gens de l'espèce d'Alfred sont espions de police, claqueurs, assommeurs, etc., enfin exercent toutes les fonctions les plus honorables. Alfred suivait avec applaudissemens l'ouvrage nouveau qui en était déja à son troisième acte et à sa quatrième mort d'homme, lorsque par hasard il leva les yeux vers le balcon. Là, il aperçut une tête angélique aux yeux bleus, aux cheveux blonds, d'une beauté pure comme il n'avait plus coutume d'en voir ; le contraste le saisit ; cette figure de jeune fille fit une vive impression sur ce cœur blasé, et le trait s'enfonça profondément. Déja la passion bouillonnait dans son sein, mais une passion dégagée d'idées matérielles, telle enfin qu'il ne l'avait pas encore connue. C'était la première fois et malgré

lui, qu'il éprouvait ce sentiment qui vous en-
chaîne à une femme pour le seul plaisir de la
voir, de lui parler, d'entendre un mot de sa
bouche. Jusqu'ici, avant de rien entreprendre,
il avait calculé toutes les chances et n'avait joué
qu'à coup sûr; là il était entraîné. Ce moment
lui fut comme une expiation de toute sa vie
passée, une punition pour les victimes qu'il
avait faites de sang-froid, une ablution pour les
sales débauches où il s'était vautré.

Après le spectacle, il suivit la voiture où était
la jeune fille, et apprit ainsi son adresse. De là
au nom et à la famille il n'y a qu'un pas pour
un homme bien entendu et qui est observateur
par état.

Depuis cette soirée Alfred fut toujours triste.

Cependant les difficultés qu'il avait devant lui
ne l'effrayaient guère; quand on en est au point
où il était arrivé, on fait peu de cas des em-
pêchemens qu'apporte la vertu; on ne croit
plus en elle. Alors l'honnêteté du sexe passe
pour une mauvaise plaisanterie, l'innocence est
lettre morte; et l'on ne voit, en fait de séductions, d'obstacles réels, que le juge d'instruction
et la cour d'assises. Et puis de pareils hommes
sont si fort habitués à regarder une femme comme
un bien de rapport, qu'ils restent étonnés de sa
résistance comme on le serait de la stupidité
d'un fermier qui négligerait de faire valoir ses

terres. Si le sentiment qu'éprouvait Alfred eût été moins pur , il aurait tout bravé pour arriver à son but. Mais c'était la première fois qu'il aimait de cœur , et l'amour avait jeté quelque délicatesse jusque dans cette nature si gâtée. Il aurait voulu faire partager ce qu'il ressentait à cette enfant si innocente, lui qui n'était même plus de ce monde ; car on s'isole dans le vice comme dans la religion : les extrémités se rapprochent.

Alfred alla aux informations. Elle se nommait Julie Bonnel , et était fille unique d'un honnête négociant.

Long-temps il la suivit dans tous les spectacles , dans toutes les promenades. Mais en vain il jetait sur elle des regards de feu ; comment aurait-elle compris , elle simple et naïve , les regards si horriblement passionnés de cet homme ? Et d'ailleurs l'aurait-elle payé autrement que par du mépris ?

Cette indifférence tuait Alfred , et lorsqu'en rentrant il voyait le vil abandon de Paméla , il sentait bien la distance qu'il y a de femme à femme ; jusque-là il ne l'avait pas su ; et cependant il aurait encore préféré de la part de Julie des dédains et des injures qu'un tel oubli d'elle-même. Pour adorer son idole , il voulait qu'elle restât élevée au dessus de lui.

Un soir il revenait de l'Opéra où il avait en-

core vu Julie, où il s'était fatigué de corps et
d'ame à chercher un regard, et n'avait trouvé
que ce coup d'œil léger et distrait qui se promène
indistinctement sur une assemblée entière sans
s'arrêter à personne.

Il était désespéré.

En route il lui prend une idée bizarre ; il veut
tromper un instant la réalité, s'illusionner. Il entre
à la maison, pose brusquement son chapeau
gris sur le lit, et dit à Paméla d'une voix brève :

— Fais l'honnête femme...

— Comment, es-tu fou ? reprit-elle en riant...
— Et elle hésitait.

— Voyons vite, je n'ai pas le temps d'attendre...

— J'ai oublié... vraiment.

— Allons, de la mémoire et joue-moi la vertu.

La prostituée met son chapeau sur les yeux,
s'enveloppe de son châle et marche par la chambre d'un pas modeste ; elle croyait que la vertu
consiste dans la tournure. A ce compte-là j'ai
connu bien des femmes vertueuses ; mais j'ap-
pelais cela jouer la comédie ; c'était une vilaine
figure sous un beau masque, un ulcère sous
l'appareil.

— Ce n'est pas ce que je demande, s'écrie
Alfred... Fais-moi une novice... Enfin, tu sais,
une jeune fille qui ne connaît pas encore la vie...

— C'est bien difficile...

Et elle met ses cheveux en bandeau, baisse les yeux, et, tremblant sous la main de son tyran, elle a presque l'air timide. On reconnaissait quelque chose. Cependant il y avait du laid et du difforme à voir cette figure fanée prendre un faux-semblant d'innocence : la fraîcheur manquait.

Alfred, abîmé dans ses souvenirs, abusé un instant, s'approche d'elle pour l'embrasser, lorsque tout à coup elle oublie son rôle, fait un geste de dévergondée et lui saute au cou.

Lui, irrité de sentir l'illusion tombée si vite, et d'avoir au réveil la hideuse réalité en face, prend un gourdin et bat la comédienne.

Paméla cria beaucoup et puis pleura ensuite ; elle n'y manquait jamais quand ses cris n'attiraient aucun voisin à son secours.

Comme les pleurs de femme faisaient mal à Alfred, il alla passer le reste·de la nuit à la Souricière.

A quelques jours de là il apprit que Julie Bonnel était sur le point d'épouser un ami de son père, M. Cortin. Ce mariage le toucha peu ; car c'était un risible obstacle à ses yeux que cette bénédiction d'un prêtre enregistrée par l'officier civil. Mais la jalousie le déchira, et il eut le cœur en sang de l'idée que Julie allait passer dans les bras d'un époux ! Et comment pouvait-il s'y opposer, lui, jeté hors de la société comme un être malfaisant, lui, marqué au front des lettres de l'infamie ! Il passa toute la nuit des noces à marcher le long des quais pour rafraîchir sa fièvre, pour calmer à la pluie et au vent froid le feu qui le rongeait.

Un an se passa ; chaque jour fut pour lui un jour de supplice. Son mal augmentait, violent, indomptable, dominateur tyrannique de son ame. Et le malheureux ne voit plus qu'un remède, un seul, mais il en est lui-même effrayé... Il faut qu'il trouve le moyen d'avouer sa passion à Julie... Quoi ! offrir en retour d'un amour pur une vie souillée au contact de toutes les turpitudes, salir cette fleur de sa bave... Mais s'il ne le fait, il est perdu... Il sera repoussé ; n'importe ! Avant ou après, pour lui c'est le même sort. Il apprend qu'un bal doit avoir lieu chez M. Cortin ; il se décide, se procure une toilette complète et s'introduit le soir dans la maison.

Cet éclat des bougies, ce luxe, ce cérémonial du bon ton auquel il n'est plus accoutumé l'étourdissent au premier aspect. Son embarras, ses manières un peu cavalières surprennent tout le monde ; mais il se perd bientôt dans la foule, et de là il suit des yeux celle dont la vue a bouleversé son existence. Il saisit une occasion et l'invite à danser. Oh ! comme ses yeux étincèlent quand sa main brûlante serre la main qu'on veut en vain lui retirer. Comme il trépigne avec impatience

d'être retenu par la présence de tous ces impor-
tuns ! Et pourtant son bonheur est si grand, que
deux heures auparavant il n'aurait pas ajouté foi
à celui qui le lui aurait promis.

Il parle à Julie... L'infortuné croyait encore
connaître le langage des hommes, et à chacune
de ses paroles elle le regarde avec étonnement et
embarras. Egaré, puisant la folie dans ses yeux,
prenant sa pudeur pour un tendre aveu, il s'oublie plus encore, et lui dit avec violence :

—Il n'y a pas à dire ; il faudra bien que tu
sois ma belle, vois-tu ?

Julie rougit et quitte tout à coup la contre-
danse, en cachant sa figure dans son mouchoir.

On s'amasse, on s'enquiert.

Au même instant un domestique qui portait
des rafraîchissemens aperçoit Alfred, pousse un
cri d'étonnement et laisse tomber son plateau.

M. Cortin accourt à ce bruit, le domestique
lui dit un mot à l'oreille. Bientôt ce mot terrible
porté de bouche en bouche, a parcouru le bal ;
toutes les femmes se sauvent dans la pièce voisine, et Alfred reste là, seul, abandonné au milieu des hommes qui le saisissent et le livrent
aux domestiques. Il est jeté à la porte.

Ecumant de rage, long-temps il vociféra comme
un insensé devant la maison, et fut enfin ramas-
sé par des sergens de ville qui le conduisirent à
la préfecture. Il y resta trois jours.

Dès lors il ne songea plus qu'à la vengeance ; non pas cette vengeance loyale que l'on obtient l'épée à la main et entre quatre témoins ; mais une vengeance comme il l'entendait, lui, repoussé par les hommes dont en retour il foulait les règles aux pieds; lui, que l'abrutissement moral et physique avait presque rejeté à l'état de nature ; il voulait la vengeance qui se trouve au bout d'une lame de couteau ou d'un canon de pistolet.

Pendant un mois il rôda autour de la maison où demeurait M. Cortin ; enfin un soir, vers minuit, il crut, à la lueur du reverbère, le voir passer dans la rue, se jeta sur lui et le tua.

Le lendemain matin Alfred était entre les mains de la justice.

## II.

## L'ÉCHAFAUD.

Trahit sua quemque voluptas.
( VIRGILE. )

L'ASSASSIN parut devant la cour d'assises.

Pendant tout le procès il n'eut qu'un mouvement de douleur, c'est lorsqu'on lui lut le nom de sa victime, et qu'il apprit n'avoir frappé qu'une personne indifférente à lui-même comme à Julie. Quelques bons jurés prirent cela pour du remords, et la *Gazette des Tribunaux* le publia en toutes lettres le lendemain.

Du reste, les juges, le jury, le procureur du roi, tous firent bien leur besogne.

L'avocat fut réduit à recommander son client à la clémence de la cour, et la cour le recommanda au bourreau dont la clémence est de tuer vite. Mais ne l'accusons pas ; nous sommes sous le règne des fictions légales, et le bourreau est lui-même une fiction légale, un personnage faisant partie de nos institutions ; c'est-à-dire, tout aussi respectable, législativement parlant, qu'un ministre et un député, de quelque côté qu'il soit.

Quand le jeune homme vit la mort devant lui, il ne s'en épouvanta pas. Depuis long-temps il était comme Thomas le juif, il avait coutume de ne plus croire qu'à ce qu'il voyait et à ce qu'il touchait. Cette nature si simple et si majestueuse qui annonce à tout homme raisonnable l'Être suprême de Robespierre, ne lui disait plus rien, à lui, corps abruti et incomplet. Mourir pour lui, c'était descendre un peu plus bas, changer un lit de plumes pour un lit de sapin ; il ne voyait rien au delà des six pieds de terre que le fossoyeur nous donne. Aussi n'éprouva-t-il pas de crainte, mais seulement quelques accès de rage d'être éteint tout à coup comme un flambeau inutile, repoussé de la vie à laquelle il

pouvait encore long-temps prendre sa part, écra-
sé sous le pied des hommes comme un reptile
venimeux. Il en rappela ; lepourvoi fut rejeté.

De là on l'envoya à Bicêtre faire sa quaran-
taine avant d'entrer dans la mort. On dirait que
la justice veut donner au condamné le temps de
prendre des forces pour la grande conversation
qu'il doit avoir avec l'exécuteur des hautes-
œuvres ! C'est une cruelle pitié d'engraisser la
victime avant le sacrifice.

Alfred était sans repentir ; souvent il grinçait
des dents et se frappait la tête contre les murs.
Il était désespéré de laisser Julie après lui sur la
terre , et de ne l'avoir pas tuée plutôt , elle.

Uu jour , le trente-quatrième , je crois , il
était couché sur la paille de son obscure prison ;
tout à coup il voit des yeux briller à travers le
guichet , et puis se dessiner dans l'ombre un frais
et rose contour de figure... Mais comme il tres-
saille tout à coup ! Oui , c'est la figure de Julie
qui est venue visiter Bicêtre avec son mari , et
qui a porté un regard curieux sur le cachot du
condamné !

Il ne fait qu'un bond de son lit de paille au
guichet , le saisit d'une main convulsive , y colle
sa figure hâve; mais aussitôt la vision disparaît en
jetant un cri et ce mot qui retentit dans le corri-
dor : Quel monstre !

L'assassin retomba à terre et pleura. Cet

arrêt-là l'abattit plus que celui de la cour d'assises.

Ainsi le premier sentiment qu'il avait excité dans l'ame de Julie était l'horreur ! Elle l'avait regardé comme une bête rare, comme elle aurait examiné un tigre dans sa cage ! Et il ne devait plus la revoir. Il était triste pour ce malheureux de laisser après lui une telle impression dans le cœur de celle à qui il aurait voulu être cher. Le seul souvenir qui lui resterait était un souvenir de sang.

Le jour fatal arriva , et la conciergerie ouvrit ses portes pour recevoir le condamné. Sa toilette fut bientôt faite , et il monta dans le tombereau qui devait le conduire à la Grève, ce grand abattoir de la boucherie légale.

Sur la route tous les visages étaient tournés vers lui ; il y avait des yeux sur le quai, des yeux aux fenêtres , des yeux sur les toits et sur les branches des reverbères. C'était un spectacle dont il faisait seul tous les frais , une véritable tragédie dans laquelle il jouait le rôle de celui qui meurt au dénouement. Des mères y assistaient avec leurs enfans sur les bras, comme pour leur faire faire leur premier cours de morale. Alfred remarqua çà et là dans la foule quelques-unes de ses anciennes connaissances, joyeuses et contentes comme si elles avaient été à une bonne débauche ou à la représentation d'un mélodrame soigné.

On approche ; le prêtre redouble d'exhorta-
tions ; mais hélas ! il parle à un homme dont
l'oreille est fermée et l'esprit occupé autre part.
Alfred rêve ; il a tout oublié ; il ne voit plus le
prêtre , ni la foule , ni l'ignoble voiture ; il n'entend plus ni le murmure joyeux du peuple , ni
la voix du charretier qui frédonne sa chanson
favorite aussi tranquillement que s'il menait un
veau au marché ; il ne sent plus ni les liens qui
le serrent , ni cette horrible nudité que les ciseaux lui ont faite à la nuque pour que rien n'arrête l'action de la loi sous la forme du lourd couteau ; il n'est plus condamné à mort ; il rêve. Il
est encore à ce bal où il fut si heureux ; il s'eni-
vre de la vue de Julie, il danse avec elle , il lui
serre la main... Oh ! comme il jouit de l'existence!!

Mais le voila réveillé en sursaut par les valets
du bourreau qui le descendent brusquement de
la charrette ; il les regarde d'un air effaré , ne
comprenant pas d'abord ce qu'ils lui veulent...
Puis il se souvient et frissonne entre leurs mains
qui lui semblent froides sur la peau comme une
main de squelette , fortes comme une étreinte
de fer.

Il est porté rapidement sur les degrés de l'escalier au haut duquel la guillotine tend ses deux
bras rouges comme pour saisir son homme.

Arrivé au haut, il jette un dernier regard sur
la foule , rit d'un rire amer en voyant les femmes

chargées de parures brillantes, et en aperçoit tout
à coup à une fenêtre une qui regarde derrière
elle et qu'il croit reconnaître... Une sueur froide
glisse sur tous ses membres ; il repousse avec
une force surnaturelle les exécuteurs qui voulaient
le saisir pour le coucher sur la planche sanglante ;
il les tient éloignés de lui avec ses deux bras
nerveux et tendus. En même temps il regarde la
fenêtre, les yeux fixes, la poitrine haletante...
Cette femme se retourne... Encore Julie... !

Alfred tombe roide mort.

A ce moment le bourreau désappointé laissa
échapper un juron énergique, et M. Cortin dit
à Julie, en souriant agréablement : Avoue, bonne
amie, que c'est mourir bien mal à propos.

# Méphistophélès.

Tous les demons ne sont pas dans l'enfer.

(Ma GRAND MÈRE).

ɪ.

# LE CONTRAT.

————

*....... privé d'un bien si doux ,*
*La liberté , que toute voix réclame.....*
*( Madame* TASTU. *)*

COMME cet appartement est propre et bien
rangé ! Là un piano , plus loin une bibliothèque ;
des tableaux de maître et de jolies gravures sont
appendus aux murailles ; un air de décence règne
sur tout l'ameublement bleu-foncé ; un charmant
demi-jour pénètre à travers d'élégantes persien-
nes.. Ne croirait-on pas être dans le logis d'un
honnête homme ou du moins dans le boudoir
d'une danseuse de l'Opéra ? Eh bien non ; c'est
ici la demeure d'un espion de police de haut
rang , M. Brunard.

Les progrès qu'ont fait depuis quarante ans
toutes les branches de l'industrie nationale sont
vraiment prodigieux. La police n'est pas restée
en arrière ; elle a subi de grandes améliorations
dans ses rapports avec la société. Un honnête ren-
tier du marais se figure sans doute encore un espion , un homme à grande barbe , aux habits
déchirés , au bâton noueux , au regard oblique ,

enfin un homme équipé comme un brigand de
la Calabre ou comme M. Marty dans quelque mélodrame de la Gaîté ; il lui prête des mœurs bar-
bares , un parler rude et sauvage. Ce n'est plus
cela ; un espion est maintenant un homme tel
qu'un autre , et souvent de meilleure apparence
qu'un autre, par la bonne raison que lui est
fonctionnaire et mange au ratelier du budget ,
tandis qu'un autre paye sa part du foin qu'on y
met. Il s'habille chez Staub , il se chausse chez
Sakoski ; il est bon père , bon époux aussi bien
qu'un épicier ; il parle avec des termes choisis
et écrit ses rapports sans fautes d'orthographe.
Enfin , pour être espion de haute volée , il faut
être aussi bien dressé moralement et physique-
ment qu'un avocat ou un médecin. Bientôt on
destinera dès le collége un enfant à ces nobles
fonctions , comme on le destine à la bureaucra-
tie ou à l'état de diplomate ; car tout cela est du
gouvernement tel que nous l'ont fait ces messieurs de l'absurde milieu , gouvernement appuyé
d'un côté sur un juge d'instruction , et de l'autre
sur un assommeur ; gouvernement qui s'est érigé
en pourvoyeur des cours d'assises et des prisons,
qui a tendu une main aux sergens de ville et a
repoussé de l'autre Lafayette et les patriotes.
*Proh pudor !*

Brunard est assis en face d'un jeune homme
décoré de la Légion d'Honneur, et lui dit :

— Oui , monsieur Charles Durand, puisqu'on vous a si bien informé , je dois vous l'avouer... je tiens effectivement les fils d'une conspiration dans laquelle se trouve gravement compromis votre père , et cette conspiration ne tend à rien moins qu'à renverser nos institutions et le trône de notre bien-aimé monarque Louis XVIII ; je suis réellement fâché que vous ayez entrepris inutilement le voyage si long de Grenoble à Paris, car je suis disposé à sauver le trône de notre roi bien-aimé.

— Monsieur , ne vous laisserez-vous pas attendrir par les prières d'un fils.

— Sur moi la sensibilité a peu de prise.

— Mais enfin, vous aussi, si j'ai encore été bien instruit , vous avez un enfant, une fille que vous chérissez ; mettez-la un instant à ma place et prononcez son arrêt.

— Oh ! monsieur, dans la position où je me trouve on a l'oreille très sourde aux figures de rhétorique. Je vous parle franchement et sans figures. Le gouvernement court un grand danger, et, en dénonçant votre père avec ses complices , je puis obtenir une brillante récompense ; voila quelque chose de plus positif que des phrases.

— Je vous offre tout ce que je possède...

— L'Etat est plus riche que vous, monsieur...

— Je vous donne ma vie , mais sauvez celle de mon père...

— Songez donc , monsieur , qu'une substitu-
tion n'avancerait en rien mes affaires et ne ferait au contraire que les gâter.

Le jeune homme se leva , pâle, abattu, passa
la main sur ses yeux humides, marcha un instant
à grands pas dans la chambre , et s'arrêtant devant Brunard :

— Je vous en supplie , monsieur ,... pensez-y
encore un instant... N'y aurait-il pas quelque
moyen d'arracher mon père à la mort ? Disposez
de moi comme vous l'entendrez...

Brunard parut réfléchir , et Charles Durand
avait les yeux fixés sur lui comme le meurtrier
sur le juge qui doit prononcer son arrêt.

— Disposer de vous entièrement , reprit Brunard ?

— Entièrement !

— Eh bien ! revenez demain matin et je vous
donnerai une réponse décisive.

Charles Durand partit joyeux d'espérance et
léger comme s'il avait eu le cœur débarrassé
d'un lourd fardeau ; c'est qu'il avait bien souffert lui , caractère fier et élevé , militaire et
homme d'honneur , en s'humiliant devant le pouvoir secret et honteux d'un être dégradé qui a-
vait abdiqué la dignité d'homme.

Pendant cette nuit-là Brunard se livra peu au
sommeil ; il passa les heures à concevoir un plan
infernal et à en combiner les chances , comme

un honnête négociant suppute les gains et les pertes d'une entreprise. Il résolut de lâcher la proie qu'il avait en main pour en poursuivre une autre plus productive, de laisser la vie au vieillard pour jouer sur celle du jeune homme ; c'était un numéro qu'il mettait à la loterie des cours prévôtales, et dont le tirage devait se faire sur l'échafaud ou devant un peloton de fusiliers ; c'était une affaire entre lui, le procureur du roi et le bourreau, où la victime n'était comptée que pour le produit net que devait rapporter sa mort ; Brunard était un spéculateur sur le sang humain. Il disait au Gouvernement : Voila tant de vies ; le Gouvernement lui répondait : Voila tant de milliers de francs ; et la caisse des fonds secrets payait sur-le-champ. *Les bons comptes font les bons amis.* C'est encore un perfectionnement social ; on en était venu à organiser la vente des citoyens sur un pied régulier, et à donner aux têtes d'hommes un taux légal comme aux têtes de loups.

Le lendemain Charles ne manqua pas.

— Monsieur, lui dit Brunard, votre père est hors de danger ; mais voici mes conditions, lisez :

— 1° Je donne à Brunard ma vie en échange de celle de mon père ; il pourra en disposer où et comme il voudra jusqu'au terme de six mois à dater d'aujourd'hui.

2° Je suis, corps et facultés, moral et physique , entièrement soumis à sa volonté ; à toute heure je serai prêt à le suivre et à me laisser diriger par lui ;

3° En cas de mort naturelle de Durand père , le présent traité restera exécutoire pour moi son fils , parce qu'il n'est pas juste que Brunard perde , sans qu'il y ait de sa faute , le fruit de ses travaux ;

4° Je garderai le plus profond silence sur mes rapports et relations avec Brunard ;

5° Je m'engage sur l'honneur de militaire français à exécuter le présent traité dans toutes ses clauses.

En foi de quoi j'ai signé.

Paris , 23 janvier 1819.

M. Brunard aimait à mettre de l'ordre dans les affaires.

Charles resta un moment hésitant et attéré devant cette singulière pièce ; puis songeant à son père, il signa sans même relire une seconde fois. Seulement il demanda à Brunard ce que signifiait ce délai de six mois ainsi fixé.

— Ah ! répondit-il , c'est que le procès qui aura lieu devant la cour de Grenoble pour l'affaire où votre père était engagé , sera terminé à peu près dans six mois, et qu'en cas d'infraction à notre contrat , j'aurai le temps de rendre M. Durand à ses juges.

— Mais n'avez-vous pas mon honneur pour garant, monsieur ?

— En ces sortes de choses, reprit-il gravement, l'honneur ne se compte qu'après la prudence.

Charles souscrivit à tout et se retira promptement pour annoncer par une lettre à son père son heureuse sortie du danger, sans lui dire toutefois à quel prix son fils chéri l'avait achetée.

Il était déja sur les marches de l'escalier qu'il descendait quatre à quatre, lorsque Brunard lui cria d'en haut, en s'appuyant sur la rampe :

— Jeune homme, je vous attends demain à onze heures très précises.

Il avait hâte d'entrer en jouissance de son bien.

## II.

## LA CONSPIRATION.

---

Le bon et l'honnête ne dépendent point du jugement
des hommes, mais de la nature des choses
( J. J. ROUSSEAU. )

LORSQUE le premier moment de joie filiale fut passé, Charles revint à lui-même et tomba dans d'amères réflexions. Il ne s'appartenait plus ;

ainsi il n'avait échappé aux massacres de Leipsik et de Waterloo que pour voir la mort s'approcher de lui sous l'aspect plus affreux d'une lente procédure ; il n'avait évité les cachots du Spitzberg et l'exil de la froide Sibérie, que pour tomber sous la dépendance plus avilissante d'un suppôt de la police. Que lui servait d'avoir conquis un à un tous ses grades sur le champ de bataille, depuis Dresde jusqu'aux buttes Chaumont, s'il fallait sentir ses nobles épaulettes de capitaine flétries par le contact impur d'un Brunard, les voir s'abaissant sous sa main vile comme sous la verge d'un maître ; et il était pris dans un labyrinthe dont il ne pouvait sortir qu'en sacrifiant un père. Son cœur était brisé.

Cependant il avait juré sur l'honneur d'être fidèle au traité passé avec Brunard, et le lendemain il était chez lui à onze heures.

— Asseyez-vous, lui dit Brunard, et écoutez-moi attentivement. Il s'agit d'organiser à nous deux une petite conspiration qui me soit d'un meilleur rapport que celle de Grenoble où vous m'avez fait abandonner ma part. Il est juste que je gagne au change, sans cela je n'aurais pas abandonné le certain pour l'incertain. Il faut que nous nous arrangions ensemble pour y faire entrer quelques fous, les compromettre gravement et puis j'en fais mon affaire.

— Comment..... ! s'écria Charles indigné et

faisant un mouvement mêlé d'étonnement et d'horreur.

Pour toute réponse Brunard tira le traité de sa poche, et le tendit au jeune homme comme pour le lui rendre.

Charles s'imagina voir tout à coup la tête blanche de son père tombant sous la hache de l'horrible guillotine, ou sa poitrine, meurtrie de glorieuses blessures, percée par des balles françaises, et il repoussa le papier que lui présentait Brunard.

— Vous avez sans doute, reprit celui-ci, d'anciens compagnons d'armes, de jeunes militaires?

— Mais il me semble que je ne vous ai pas vendu aussi mes camarades.

Brunard, flegmatique et impassible, lui tendit encore le papier.

Charles le saisit avec fureur, fut sur le point de le déchirer, puis s'arrêta tout à coup, versa une larme et le rendit à l'espion.

Il ne savait pas encore, le malheureux, à quel démon il s'était donné.

— Plusieurs de vos camarades se trouvent-ils actuellement à Paris? Vous hésitez... songez bien que je parviendrai facilement à le savoir, et que si vous m'avez trompé, je regarderai notre contrat comme nul et non avenu. — Avez-vous plusieurs de vos camarades à Paris?

— Oui, quelques-uns, répondit Charles résigné comme une victime sous le couteau.

—Eh bien ! sortons et allons les voir.

Ils sortirent, et pendant la route Brunard donna ses instructions au capitaine.

— Vous annoncerez à ces messieurs que vous avez résolu de renverser le gouvernement actuel, de tirer la France de la boue où les Bourbons l'ont traînée, etc., et autres lieux communs des conspirateurs. Vous aurez soin de parler avec conviction et chaleur, car vous savez que toutes vos facultés sont à ma disposition ; du reste vous vous exprimez bien, et comme cela est très utile dans un chef de parti, c'est un des avantages qui m'ont déterminé à conclure notre marché. Vous me présenterez aux affidés comme un homme sûr et un chaud bonapartiste.

Charles fit un signe de tête affirmatif, et tout son corps trembla comme d'une convulsion.

Charles aimait bien son père.

Par distraction, sans doute, Brunard voulut lui prendre familièrement le bras ; le jeune homme le repoussa avec indignation.

—Monsieur, je suis votre victime et non pas votre ami.

—Comme vous voudrez, et il continua sa route aussi tranquillement que si rien n'était arrivé.

Ces gens-là vivent d'infamie et s'engraissent d'affronts.

Charles et Brunard arrivent à la porte de la maison où demeurait Léon Morvan, compagnon  .

d'armes et d'études de notre capitaine ; c'était
le premier qu'il allait livrer.

En montant l'escalier l'espion recommanda à
Durand de ne pas manquer d'aplomb et de présence d'esprit. Il lui faisait sa leçon au moment
de l'introduire dans la honte, comme la mère
la fait à son fils en le lançant dans le monde.

—Comment, c'est Charles Durand, s'écria
Léon en bondissant sur sa chaise ! Comme te
voila pâle ! serais-tu malade, toi, la santé la plus
robuste de tout l'ex-cinquième de ligne ? Oh !
non, sournois, je devine ; c'est plutôt quelque
peine de cœur... Je m'y connais et te plains...
*Non ignara mali, miseris succurrere disco,* comme disait souvent notre vieux professeur de rhétorique au lycée.

Et Léon tout entier à sa joie expansive n'aper-
cevait pas Brunard.

Charles ne disait mot, triste qu'il était d'être
obligé de jeter bientôt un voile noir sur cette
existence si joyeuse et si bruyante.

Dans ce moment Brunard ouvrit son habit, et,
par un mouvement que Charles seul pouvait
comprendre, lui montra le traité qui ressortait
de sa poche. Cette vue fit sur le jeune homme
l'effet d'un talisman et il parla aussitôt :

— Mon cher Léon, il s'agit de quelque chose
de plus sérieux... Ecoute... Il faut délivrer la
France du joug odieux qui lui pèse...

Et l'infortuné faiblissait dans son rôle, lorsqu'à un nouveau mouvement de Brunard il continua :

—Renvoyons le drapeau blanc chez l'étranger qui nous l'a apporté, et arborons nos trois couleurs nationales.

—Mon bon, mon noble Charles, que je t'embrasse ! Tu m'as deviné! Je songeais depuis longtemps à ce grand projet, mais sans toi qu'aurais-je fait, pauvre fou que je suis ! — Embrasse-moi encore... Je me jette à corps perdu dans l'entreprise, je m'associe à tous tes travaux, à tous tes dangers... Je reverrai donc mon aigle, mes brillantes couleurs... Oh ! j'en pleure de joie !...

—Monsieur est sans doute de l'affaire, dit-il en s'arrêtant et en montrant Brunard.

L'espion poussa Charles par derrière avec force.

—Oui, reprit aussitôt le jeune homme, c'est un... un homme sûr, un chaud bonapartiste...

Il répétait ce qu'on lui avait appris, et sa langue lui semblait brûlante comme si on l'avait marquée d'un fer chaud.

—Eh bien ! puisqu'il en est ainsi, s'écria Léon, il faut, monsieur, que je vous embrasse aussi, et il sauta au cou de Brunard.

Charles fut sur le point de les séparer violemment, craignant de voir souiller l'honneur de son ami au toucher de cet homme ; un regard foudroyant de l'espion l'arrêta à temps.

—Allons, reprit Morvan, ne perdons pas de

temps... Allez de votre côté, je vais aller du mien... Réunissons tout ce qu'il y a de cœurs généreux, de vrais Français... Mais avant donnez-moi tous deux la main pour sceller notre union.

Charles sentit sa main toucher celle de Brunard, et il eut un frisson froid par tout le corps.

De là l'espion et Charles passèrent chez d'autres, et au bout de la journée ils comptaient déja une trentaine de victimes. Léon, de son côté, n'avait pas été inactif.

Vers le soir, en quittant Charles, Brunard lui dit : Vous avez été admirable, jeune homme. L'affaire marche on ne peut mieux.

Et il s'en alla en se frottant les mains.

## III.

## LE PISTOLET.

........Mais on dirait que créés pour souffrir,
Nous ne pouvons, hélas ! être heureux sans mourir.
( Mad. DESBORDES-VALMORE. )

LA conspiration faisait des progrès rapides. Les Français étaient si fatigués de cette restauration qui avait envoyé à Wellington un bâton de maréchal de France, et à Brune, les balles de

6

Trestaillons dans le cœur ! Les millitaires avaient
la rougeur au front d'être obligés de cacher
leurs cicatrices comme une marque infamante,
pour éviter les persécutions, et de voir se pa-
vaner sur nos promenades et dans nos spectacles
ces Russes et ces Prussiens qu'ils avaient battus
tant de fois. En désespoir de cause, les patriotes
préféraient se rattacher au despotisme brillant et
glorieux de Napoléon, que de subir la tyrannie
des Bourbons pesant avec les étrangers sur le
corps meurtri de la France, et cette monarchie
de quatorze siècles, vieille coquette minaudière,
trompeuse, cruelle, rhabillée d'un lambeau de
liberté, se donnant devant le miroir des airs
constitutionnels pour séduire un peuple jeune
et vigoureux. Aussi Charles voyait-il avec désespoir s'augmenter à toute heure le nombre des
malheureux sur lesquels Brunard mettait sa main
de fer ; le procureur du roi, ce mangeur d'hommes de notre siècle civilisé, devait avoir une
belle pâture.

Notre jeune homme eut un instant l'idée d'aller
dévoiler toute cette infame machination aux ministres ; mais il y renonça bientôt. La main qui
pousse Brunard se dessécherait plutôt que de
le punir ; le pouvoir qui fait des coupables pour
faire des exemples, se garderait bien de lâcher
sa proie. Ecouteraient-ils la voix de la justice,
ces hommes qui donnaient aux verdets un bre-

vet d'égorgeurs marqué au sceau royal. Horrible
époque ! Depuis vingt ans on s'est fait une habitude de tressaillir d'horreur au seul mot de 93;
la tribune, les livres, les discussions politiques
ont retenti de déclamations contre la Convention,
et les séïdes de la monarchie bourbonienne n'ont
pas eu assez d'injures à vomir à la face de ces
législateurs montagnards qui, pour sauver la patrie, exposaient leurs propres têtes à la hache en
décrétant la terreur ! Mais au moins il y avait quelque chose de hardi et d'élevé dans ces meurtres
faits au grand jour, devant une nation entière,
sous la loi de la nécessité ! Cette justice d'un
grand peuple, cette justice qui passait tous les
jours dans les rouges tombereaux et s'arrêtait à
la Grève, était empreinte d'une terrible majesté.
Si les Danton et les St-Just avaient la conscience
rouge, ils avaient les mains pures ; ils restaient
dans les formes énergiques d'un gouvernement
de fait et de cœur; ils faisaient la loi avant de tuer
et ne tuaient pas malgré la loi ; certes, ils usaient
de la légalité en rudes enthousiastes, aussi
étaient-ils toujours prêts à lui donner eux-mêmes
leur vie, et ils la lui donnèrent ; ils se sacrifiè-
rent sur l'autel qu'ils avaient élevé à leur divinité ; mais la France sortit triomphante et belle
de cette crise de sang. Comparez maintenant. si
vous l'osez, à ce noble spectacle les exploits
des héros royalistes du Midi assassinant comme

des voleurs de grands chemins , courant les armes à la main par les villes et les campagnes , sans autre mission que celle de faire le mal sans résultat , et de peupler un jour les bagnes ; et dites-moi , hommes sages , sur lequel de ces deux partis vous laisserez tomber votre mépris et vos accusations.

Certain soir Charles rentra plus triste que de coutume ; il avait augmenté la liste de Brunard du nom d'un vieil ami de son père.

Cette nuit-là il ne dormit pas ; il s'agitait sur son lit , misérable , bouillant , suant la rage ; puis il croyait tenir Brunard dans ses bras et l'étreignait sur son sein d'une étreinte convulsive ; puis il se levait et courait par la chambre comme pour échapper à lui-même ; souvent ces mots lui échappaient :

O mon père , combien ta vie me coûte !

Vers le matin il s'endormit de fatigue et fit un rêve affreux. Il voyait autour de lui ses amis livides , décapités , lui présentant d'une main menaçante leur tête coupée , lui montrant de l'autre leur plaie du cou , plaie hideuse , ronde , palpitante , et tous portant, cloué sur la poitrine, leur arrêt de mort écrit en lettres de sang , et signé du nom de Charles Durand. Il se réveilla hérissé , haletant...

Il se leva sur-le-champ avec un projet affreux... C'en était fait ; il ne voulait supporter davantage un remords si poignant, un supplice si horrible de tous les jours, de toutes les nuits, de toutes les heures... Et puis si l'on venait à savoir avant la fin le rôle qu'il avait joué, où cacher son front que brûlerait la rougeur, que marquerait la honte ? Il faut en finir.

Il charge un pistolet.

Mais l'espion verra-t-il avec indifférence cette existence fructueuse lui échapper ? Ne se dédommagera-t-il pas sur le père du tort qu'aura fait Charles à ses intérêts ? Oh non ! il aura pitié d'un vieillard déja assez malheureux de la perte de son fils.

Charles est décidé ; il court fermer la porte... mais on frappe, on entre... C'est Brunard !...

— Me voila, monsieur Charles ; je n'ai pas voulu que ce fût toujours à vous de venir chez moi et je me suis dérangé à mon tour... Mais qu'y a-t-il donc de nouveau ? Vous avez l'air tout défait... Auriez-vous passé une mauvaise nuit ?... Bon Dieu ! qu'est-ce que je vois donc sur cette table ? un pistolet armé ? Ah ! je comprends ! Comment, jeune homme, vous suicider ! Quelle honte ! Ce serait manquer à votre parole, à nos conventions ! Vous n'y pensez pas !

— Rien ne me défend de disposer de moi-même, monsieur, et j'ai compté sur votre pitié pour mon vieux père...

— Ah ! c'est juste, vous me faites souvenir que j'ai oublié une petite clause dans notre contrat.

Il écrit sur le papier qu'il tire de sa poche, et parle en même temps :

6° Si M. Charles Durand portait atteinte à sa vie, les droits de Brunard sur Durand père revivraient dans toute leur intégrité.

— Voulez-vous signer ce petit article additionnel ?

Charles prit la plume, regarda ces lignes d'un œil fixe comme son dernier adieu au bonheur, et mit d'une main rapide et tremblante son nom au bas de la pièce amplifiée.

— A propos, reprit l'espion, comme il faut tout prévoir, et que j'ai remarqué votre caractère décidé, je dois vous avertir aussi que si moi, Brunard, je venais à mourir de mort violente, un de mes amis intimes à qui j'ai remis mes notes cachetées en ferait un prompt usage. Ainsi un pareil coup ne vous servirait à rien.

Ces mots firent évanouir un dernier espoir dans l'esprit du capitaine, et y détruisirent une pensée qui peut-être lui était déja venue.

Quelques minutes après Brunard entraîna Charles pour aller faire encore la chasse aux hommes.

IV.

# LE LIT DU MOURANT.

Sans doute après la mort nous serons réunis,
Recevez-moi, mon père, aux voûtes éternelles !

(ALFRED de VIGNY.)

A quelques jours de là, Charles, reçut une lettre qui lui apprit que son père était très grièvement malade ; la vue de tous ses amis traînés dans les prisons par la gendarmerie, et menacés d'un réquisitoire à la Bellart, avait porté un coup dangereux au vieux militaire dont la santé s'était brisée contre tant de fatigues et de batailles.

Le capitaine se rendit chez Brunard pour lui demander la permission de s'absenter quelque temps.

Il trouva l'espion causant et folâtrant avec sa fille Laure, qu'il avait retirée la veille du couvent, où il lui avait fait donner une éducation aussi brillante qu'à une fille de receveur-général ou de pair de France. Laure était une jolie brune, à la taille élancée, à la physionomie naïve, à l'œil mélancolique. Singulière chose de voir l'homme qui faisait trafic de vies avec le bourreau, jouer avec cette vie qui commençait, la balancer sur ses genoux, lui passer la main dans les cheveux et sur son visage rose. Si j'avais été l'amant de la jeune fille j'aurais toujours tremblé qu'il ne vint à son père la fantaisie de calculer ce qu'elle pouvait lui rapporter devant la cour d'assises.

A l'aspect de Charles dont la tournure était dégagée et élégante, la figure mâle et belle, Laure devint rouge. On est si timide et si innocente quand on sort du couvent; car c'est un lieu sacré et interdit aux hommes, les tentateurs du nouveau testament. Le capitaine ne fit aucune attention à elle ; son esprit était trop agité, et d'ailleurs il aurait rejeté sur la fille une partie de la haine qu'il portait au père. Il fit sur le champ et sans préambule sa demande à Brunard.

— Rien de plus juste, mon jeune collaborateur, répondit l'homme de la police ! Je consens volontiers à votre départ, car la nature nous impose à tous des devoirs impérieux. — Et il regarde sa fille avec tendresse. — Je vous accorde huit jours ; une plus longue absence pourrait nuire à notre affaire. — On aurait cru qu'il parlait d'une spéculation sur le gaz, ou d'une entreprise de bateaux a vapeur. Et pourtant il y avait du sang sous ses paroles !

Charles Durand partit pour Grenoble, et vit en arrivant que la lettre ne l'avait pas trompé ; son père avait un pied dans la tombe.

Une pensée noire passa alors dans l'esprit
du jeune homme, et un éclair de joie brilla dans
ses yeux. Il se sentit tout-à-coup comme détaché
de ce poteau d'infamie auquel Brunard l'avait lié
sans miséricorde. « Si mon père meurt, se dit-il,
» il n'y aura plus que moi de soumis au caprice
» cruel de cet homme, et j'aime mieux mourir aussi
» que de me prêter plus long-temps à l'ignoble
» ministère qu'il m'a imposé. L'heure qui sonnera
» pour mon père sonnera aussi pour moi. » et à
cette idée de trépas il avait la joie dans l'ame
comme le captif chrétien lorsqu'il est sur le point
de voir tomber les fers qui retiennent sa liberté
aux anneaux du bagne de Tunis.

Le lendemain de son arrivée il alla voir le médecin pour savoir à quoi s'en tenir.

— Je ne vous cacherai pas, monsieur Charles,
lui dit celui-ci, que la position de votre père est
triste, et qu'à moins d'un heureux accident il ne
se relèvera pas. Demain matin à dix heures je lui
ferai une saignée, et elle déterminera une crise
qui doit décider ou de son salut ou de sa perte.

— Demain à dix heures précises, monsieur le
docteur.

— A demain, monsieur Durand.

Le lendemain Charles se leva de bonne heure ;
il écrivit ses dernières volontés, fit un testament
où il disposait de sa petite fortune, tira de sa
malle le même pistolet encore tout armé qui de-

vait mieux le servir cette fois, le cacha dans son estomac, et se rendit auprès du lit de son père.

Le docteur prit sa lancette, et fit les préparatifs nécessaires.

Cependant, Charles tenait son pistolet sur sa poitrine d'une main brûlante, avait l'œil fixé sur le visage du malade moins pâle que le sien, et témoignait par sa respiration haletante, le puissant intérêt qu'avait pour lui ce moment. Il attendait.

Le médecin continuait froid et impassible, ne se doutant pas dans quelle scène terrible il jouait un rôle.

Tout à coup le sang part...... Le docteur se penche vers le moribond, examine de près ses yeux, et s'écrie :

Il est sauvé !

Charles laissa échapper son arme, et tomba sur une chaise en se couvrant la figure de ses deux mains.

Il venait de lâcher la dernière branche qui le retenait encore au dessus du précipice.

Le huitième jour au soir il embrassa son père dont la santé se rétablissait, et monta en diligence pour aller à Paris reprendre sa chaîne.

## V.

# LE CANAPÉ.

—————

Je n'ai rien feint qu'une passion modérée
dans un cœur au désespoir.
( LE PHILOSOPHE DE GENÈVE. )

APRÈS quelques visites le capitaine fit une vive impression sur Laure dont l'ame jeune et tendre s'ouvrait facilement à toutes les émotions naturelles ; elle était surtout disposée par son âge et son caractère à ce sentiment qui agite, quelquefois même sans objet, un cœur de seize ans, et jette sur toutes les tristes réalités de la vie un reflet rose et romanesque. Cependant Charles ne lui adressait pas un mot ; ses conversations avec le père lui-même étaient brèves et tranchées ; il était là pour obéir, et non pour discourir. Mais il semble que l'indifférence même et le mépris, attachent les femmes en piquant leur amour-propre, ou en réveillant en elles, ce violent désir qui les pousse à soumettre toute supériorité réelle ou affectée à l'empire de leurs charmes. Laure voyait arriver le jeune homme avec plaisir et paraissait triste lorsqu'il partait.

Charles s'aperçut bientôt des dispositions de
Laure à son égard; désespéré qu'il était, il ne
s'en réjouit pas comme d'une bonne fortune, mais
comme d'une bonne occasion de se venger; il
conçut un projet digne d'une ame plus méchante
que la sienne; mais il était porté au mal par sa
fatale position, ainsi que le marin naufragé est
obligé de repousser loin de la chaloupe submer-
gée et de rejetter à la mer son compagnon plus
faible que lui.

Du jour au lendemain, Charles changea entièrement de visage et de conduite envers Laure, et
elle en fut bien contente la pauvre jeune fille !
Brunard n'y vit qu'un retour de politesse. Le capitaine s'approcha souvent de Laure, causa avec
elle d'une manière adroite, lâcha des demi-mots,
et hasarda enfin une déclaration qui ne fut pas
repoussée; il joua un jeu serré avec cette douce
enfant qui se laissait aller naïvement au trompeur,
et il put se dire en peu de temps maître absolu de
ses volontés. Il fallait franchir le dernier pas.

Un jour il vint qu'elle était seule; il le savait,
et arrivait tout exprès. Il lui parle avec chaleur
et véhémence; l'autre passion qui l'anime lui met
à la bouche un langage brûlant et animé; le feu
sort de ses yeux ardens; Laure est étourdie,
fascinée; elle prend tout cet enthousiasme de rage
pour de l'amour. Charles la saisit à la taille de
ses deux mains tremblantes, l'entraîne vers un

canapé avec une violence passionnée , et l'y sa-
crifie à sa haine pour l'espion.

' Ensuite, presque honteux de sa cruauté , il lui
donna quelques consolations banales , embarrassées, et lui recommanda la discrétion. Il ne voulait porter à Brunard le coup fatal qu'au moment
opportun, au moment où il n'y aurait plus de remède au mal , et où le père resterait confondu
et désolé devant la faute irréparable de sa fille.

Brunard aimait Laure avec tendresse comme
le seul être auquel il fut attaché par quelque
chose qui n'était pas la honte, le seul cœur où il
trouva un sentiment qui n'était pas le mépris ;
quel triomphe pour Charles, s'il arrachait à Laure
l'estime et l'amour qu'elle avait pour son père !
Comme l'espion , accablé par les dédains et la
haine de ses semblables , trébucherait à chaque
pas dans sa voie s'il n'avait plus cet appui sur lequel il étayait encore sa honteuse existence !
Comme un reproche parti de la bouche de sa fille
déchirerait et mettrait au vent le lambeau d'ame
qui lui restait encore ! Ce serait le séparer de la
nature comme il s'était séparé des hommes.

Charles, dit un jour à la jeune fille, ce qu'était
Brunard , tout en lui cachant sa propre histoire.
Elle , bonne et douce , ne savait pas d'abord ce
que son amant voulait dire , et lorsqu'elle comprit enfin , elle fut bien effrayée, et bien malheureuse , pleura , demanda pardon à Dieu , et se

jetta dans les bras du jeune homme comme pour
y chercher un refuge contre son père. Ainsi elle
s'isolait de lui, et faisait dès lors vie à part; c'était
ce que voulait Charles. Depuis cet instant, Laure
fut contrainte, gênée devant Brunard, n'eut plus
pour lui le même abandon, les mêmes caresses,
et Charles se réjouissait d'avoir déjà ôté cette joie
à l'espion.

Toutes les fois que pendant la journée Brunard
l'avait abreuvé d'avilissemens et de honte, en
rentrant il parlait à Laure de son père avec rage
et amertume, la tourmentait avec un cruel plaisir,
(c'était la même chair et le même sang), et pré-
parait ainsi les instrumens de la torture qu'il des-
tinait à son bourreau. Puis il se disait en souriant
amèrement : Et moi aussi j'ai mes victimes !

Et cependant Charles avait été un bon jeune
homme.

## VI.

## L'ASSEMBLÉE.

---

*Quousque tandem abuteris patientiâ nostra !*
(CICÉRON.)

CERTAIN soir Brunard dit à Charles :
—Pendant votre voyage j'ai avancé la besogne;

nous avons aujourd'hui à onze heures réunion générale. Vous y annoncerez que tout est prêt, qu'il est temps de se lever ; enfin vous ferez un discours violent à la manière de St-Réal. Je veux que l'affaire soit finie dans trois semaines ; ainsi, jeune homme, vous avez encore trois semaines devant vous.

Ils se rendirent au lieu convenu où se trouvait déja un grand nombre de conspirateurs ; un air de mystère et de gravité était empreint sur toutes leurs physionomies ; ils parlaient à voix basse et mettaient de l'importance au moindre mot ; on aurait dit qu'ils se préparaient à un acte éclatant, qu'ils étaient destinés à une grande mission, et pourtant ils ne faisaient qu'obéir, comme des marionnettes, à un fil dirigé par la main d'un agent secret de la police.

On remarquait là quelques-uns de ces hommes vieillis dans nos armées, portant la longue redingotte bleue et le signe de l'honneur sur la poitrine, tous officiers à la demi-solde et brigands de la Loire, massacrés dans le Midi par les sicaires de la légitimité, et traduits par toute la France devant ces tribunaux militaires où siégeaient des consciences vendues. Ce sont eux que l'on vit se promener dans Paris avec un bouquet de violettes à la boutonnière et opposer au milieu du café Lemblin et en mille autres endroits un courage ferme et indomptable aux fanfaronnades des officiers prussiens et de ces élégans gardes-du-corps d'Artois qui puisaient aux bras adultères des belles comtesses, Armides de la bonne cause, l'audace dont ils avaient besoin pour aller insulter aux vieilles moustaches de l'empire. — Et c'était affligeant de penser que toutes ces têtes blanches étaient promises à Samson.

Brunard jeta sur l'assemblée un regard de joie comme l'ange rebelle quand il compte les damnés. Puis il glissa ces mots dans l'oreille de Charles : Imposez silence et parlez.

Le capitaine commença en appelant à son secours toute sa réthorique de collége :

— Chers amis, le temps est venu de fouler aux pieds un pouvoir qui a traîné dans la fange l'honneur national, qui a chargé d'honneurs et de dignité les Feltre, les Talleyrand, les d'Otrante, tous ces vendeurs du grand homme, un pouvoir qui persécute les amis de notre vraie gloire et ne fait pas le bonheur de la France. Il faut délivrer cette malheureuse France qui crie au secours et se réclame de nos bras.

Charles s'animait de plus en plus, et Brunard lui fit un signe d'approbation.

— Vous rappellerai-je les manœuvres honteuses employées pour tromper les honnêtes gens et les mettre à la merci des hommes du roi ? vous dirai-je qu'on lance sur leur piste comme des limiers, ces individus que le peuple a flétris du nom de mouchards ! Voila les favoris et les émissaires de l'autorité, presque tous stigmatisés au sceau de l'infamie, tous l'opprobre d'une nation et d'un gouvernement.

L'espion tressaillit et devint pâle. Charles s'en aperçut et continua, menaçant, inflexible, accablant Brunard du poids de son indignation.

— Que la défiance préside à tous vos rapports habituels, mes amis ! Vous connaissez, ainsi que moi, ces monstres qui font métier de vendre leurs concitoyens, de les livrer pieds et poings liés à une justice vénale et qui reçoivent le salaire du meurtre avec des mains déjà teintes de sang.

Et la flamme lui sortait des yeux... Brunard était là, tremblant, la tête baissée et entendant résonner à son oreille comme un glas de mort, le bourdonnement d'approbation qui accueillait les paroles de Charles.

Il suait la honte tout déhonté qu'il était, et un horrible frisson le saisit tout à coup à l'idée qu'il y avait peut-être trahison de la part de Charles. Mais il se rassura peu à peu quand il l'entendit parler des préparatifs qu'il y avait à faire pour la prompte explosion du projet. Il remarqua même que la voix du jeune homme faiblissait et devenait larmoyante, comme si le remords y avait mis son accent, et il se dit joyeux : Il est encore à moi.

On se sépara bientôt.

—Savez-vous que vous m'avez bien maltraité ce soir, dit l'espion à Charles dans la rue.

—Ce n'est pas vous qui êtes le plus malheureux, monsieur Brunard, répondit gravement le capitaine.

## VII.

## L'AVEU.

> Brûlure pour brûlure, plaie pour plaie, meurtrissure pour meurtrissure.
> (EXODE, CHAP. XXI.)

On était arrivé au milieu du cinquième mois, et Charles sentait bien que le dénouement approchait. A son tour de jeter au cœur de Brunard une blessure brûlante, d'y porter souvent sa main froide et de sourire à la vue des souffrances de son ennemi. Ah! qu'un tel plaisir jette de baume sur les plaies imprimées par une longue torture! Le capitaine fait tenir à Laure un billet par lequel il l'excite à avouer leur faute mutuelle à son père.

Ce jour même ils étaient tous trois réunis à la veillée lorsque tout à coup Laure se jette aux genoux de Brunard en sanglottant :

— Ne me maudissez pas, mon père !

Brunard stupéfait veut la relever :

— Non, j'ai commis une faute.... J'ai cédé à un amour illégitime.... Je suis enceinte. !!!

— Quel est le lâche, sécria Brunard d'une voix tonnante ?....

— Charles !!

Et Charles était devant lui debout, froid, impassible, comme étranger à cette scène.

— C'est ma vengeance à moi, dit-il, en souriant amèrement à l'espion qui tendait vers lui ses deux bras menaçans.

Ici Brunard recueillit un instant ses forces pour faire à Charles cette question, indice du nouveau lien qui l'attachait à lui et qu'il ne savait comment rompre :

— Et cet enfant ?

— Ce sera un malheureux de plus que vous aurez fait.

Brunard, combattu par l'intérêt et la nature, déchiré, furieux, se précipite vers sa fille pour la saisir et l'enfermer dans sa chambre ; Laure se réfugie vers Charles qui la repousse avec une froide cruauté.

— Oh ! tu as raison, Charles, je ne suis pas digne de toi...

— L'infame, s'écrie Brunard, en la prenant violemment au corps.

— Oh ! oui, infame ! Car je suis la fille d'un espion....

A ces mots Brunard tomba sur le carreau, anéanti, abattu, sans force. Il avait compris tout son malheur.

— C'est encore moi, lui dit Charles.... en se baissant vers lui et le regardant en face.

Et il sortit l'abandonnant aux soins de sa malheureuse fille.

## VII.

## LE PRÉSENT D'ADIEU.

Salut, mon dernier jour ' sois mon jour le plus beau !
( LAMARTINE. )

QUINZE jours après Brunard alla régler son compte avec le préfet de police, et les conjurés saisis à domicile furent mis à la disposition de Messieurs du parquet. C'est en vain que devant la cour Charles tenta de sauver ses compagnons en se déclarant seul coupable et instigateur du complot; tous furent condamnés avec lui. Il souffrait bien lorsqu'il les entendait accabler Brunard d'imprécations qu'il savait mériter lui-même. Dès ce jour jusqu'à celui fixé pour la mort, il ne prononça pas une parole, se mêla peu à ses infortunés amis, et sembla déja ne plus faire partie des hommes.

Le 13 juin 1819, à cinq heures du matin, il fut conduit à la plaine de Grenelle pour être fusillé ; là, sur le terrain même, il rencontra Brunard qui lui présenta un papier en souriant :

C'était l'arrêt de la cour royale de Grenoble qui condamnait Durand père, et plus bas le récit circonstancié de son exécution.

— Tu meurs pour moi, dit aussitôt Brunard, et ton père est mort pour ma fille.

— Et notre contrat, infâme assassin !!

— Il n'obligeait que toi ; je n'ai rien signé.

Charles mordit son poing de rage, ôta son habit avec précipitation et présenta sa poitrine aux balles en s'écriant :

— J'ai assez de la vie !

Une minute après il n'existait plus.

Le lendemain Brunard reçut beaucoup d'or et obtint une sous-préfecture dans les environs de Marseille.

Laure était renfermée aux Filles-Repenties.

# Le Projet de Loi.

Faute d'un point Martin perdit son âne.
(Dicton vulgaire.)

# PERSONNAGES.

Le Ministre, chef du cabinet.
Simmer, député.
De Voller, idem.
De Vilken, idem.
Patrick, bourgeois électeur.
Munster,      idem.
Un étudiant.
Madame Simmer.
L'hôtesse.

*La scène se passe dans un petit état d'Allemagne.*

## I.

# LES ÉLECTEURS.

---

( *Un Café.* )

#### PATRICK.

LE voici donc enfin arrivé ce jour si impatiemment attendu depuis le commencement de la session, ce jour dont Son Excellence le premier Ministre nous menaçait du haut de la tribune depuis cinq ou six mois ! Ce matin même le gouvernement présente à la chambre son fameux projet de loi au sujet du rétablissement des priviléges nobiliaires. — Encore un verre de bière, voisin Munster.

#### MUNSTER.

Volontiers. — Oh ! les puissances de l'Allemagne méridionale ont évidemment eu la main forcée quand elles ont accordé des libertés au peuple, et elles voudraient maintenant les leur enlever par la corruption législative ; c'est ce que démontrait fort bien ce cher docteur Wirth, dans son dernier numéro de la Tribune. Jusqu'ici on n'avait fait que livrer des escarmouches au parti populaire ; mais enfin, on a élu un ministère anti-

national, et aujourd'ui on porte le grand coup
qui doit nous rejeter dans l'ornière de l'ancien
régime ! Mais Dieu protégera la bonne cause !

### PATRICK.

Du reste , si nous avions le malheur de perdre
la partie , nous n'aurions aucun reproche à nous
faire ; car tous tant que nous sommes , électeurs
de la bourgeoisie , nous n'avons donné nos votes
qu'à de bons et loyaux députés.

### MUNSTER.

Vous rappelez-vous les courses réitérées que
j'ai faites dans les campagnes au moment des élections pour engager les fermiers à ne donner leur
voix qu'à des hommes disposés à lutter contre
toute marche rétrograde. Il est vrai que ces
voyages et les souscriptions patriotiques ont un
peu arrêté mon commerce de toiles et écorné ma
fortune ; mais je me dédommagerai amplement
si je puis prendre ma part de liberté.

### PATRICK ( *lui prenant la main* ).

C'est bien , voisin. — Dam ! chacun a fait des
sacrifices, chacun a payé comme il a pu sa dette
à la patrie. Savez-vous que notre comité-diri-
geant s'est donné bien du mal ; il formait l'esprit public par ses articles multipliés dans les
journaux , il inondait la ville et les districts de

ses brochures si éloquemment écrites ; l'avocat Blount a furieusement usé sa plume et sa santé à ce manége-là.

### L'Hôtesse.

Eh ! Messieurs, vous oubliez ce pauvre M. Burner·qui est encore dangeureusement malade de la peine qu'il s'est donnée dans cette affaire.

### Patrick.

C'est vrai, c'est vrai, nous avions oublié l'actif Burner !....

### Munster.

Et tant d'autres qui se sont voués de corps et d'ame à faire triompher la sainte entreprise.

### Patrick.

Cependant malgré tous nos efforts la majorité est encore flottante... Un échec législatif peut nous ravir le fruit que nous espérions retirer de travaux si assidus.

### Un Étudiant ( *quittant sa pipe* ).

Mais aussi, Messieurs, pourquoi s'arrêter à tous ces détails puérils d'élections et de système pondéré ! Pas d'accord représentatif avec un ennemi qui a intérêt à vous tromper ! Qu'un coup de main énergique fasse d'abord rentrer tous ces nains sous terre et puis ensuite vous gouvernerez ! D'abord des faits, ensuite des phrases. Autrement vous n'aurez jamais qu'une liberté de concession. Soyez vainqueurs et vous serez véritablement libres.

**MUNSTER.**

Et la légalité!... Diable! ne sortons pas de la légalité.... Nous ne savons pas où cela nous mènerait! Je crois qu'avec elle nous pouvons vaincre nos adversaires. Il faut espérer que le grand duc réfléchira un peu quand il verra la résistance énergique de notre opposition parlementaire ; alors il retirera sa confiance à ce ministère qui sent les dîmes seigneuriales et la féodalité d'une lieue....

**PATRICK.**

Et qui accueille les jésuites chassés de France.

**L'HÔTESSE.**

Et qui nous accable d'impôts....

**L'ÉTUDIANT.**

Que le ciel délivre la vieille Allemagne !

**MUNSTER.**

Mais l'heure de la séance approche...

**PATRICK.**

Oui , partons... Mais ne nous quittons pas sans boire au rejet du projet du gouvernement.

Tous ( *levant leurs verres* ).

A la mort du projet de loi !

L'Étudiant ( *en sortant* ).

Le poignard de Sand vaudrait mieux que toutes ces niaiseries !

II.

## LES LÉGISLATEURS.

( *Une salle du Ministère.* )

Le Ministre.

Ah ! ça, Messieurs, nous voici parvenus au moment décisif ; il s'agit ici pour nous d'être ou de n'être pas. Nous rentrons dans nos droits ou nous en sommes dépossédés pour toujours. Organisons notre ordre de bataille et distribuons les rôles. Je commencerai la séance par la lecture du projet, entendez-vous ? Aussitôt après, M. de Voller, vous monterez à la tribune et prodiguerez des éloges au pouvoir en le remerciant au nom du peuple de sa prudence, de son économie, de sa sagesse administrative, etc., etc.

De Voller.

Oui, oui, je sais ma leçon..

### Un Député.

Moi je répliquerai au premier orateur du côté opposé. Je jetterai d'abord quelques phrases générales sur le danger des innovations, puis pour nous rallier les trembleurs, je tracerai une peinture effrayante des excès du peuple quand on lui lâche la bride et des conséquences terribles où peut entraîner une première concession, enfin je ferai du pathos.

### Le Ministre.

Très bien... Lorsque Sunder, le Démosthènes de l'opposition, nous aura lancé son éloquence à la tête, ramassez la balle au bond, M. Lamber ; analysez son discours avec adresse, dépouillez-le de tout le charme d'élocution, de toute la chaleur du moment et présentez ses raisonnemens froids et décharnés aux yeux de l'assemblée..... Voila comme on détruit l'effet d'un discours, voila comme on tue son homme.

### Un Député.

Quellé science du gouvernement représentatif !

### Le Ministre.

Surtout, Messieurs, je recommande à ceux qui prendront la parole, de la garder le plus qu'ils pourront, de débiter des phrases, des phrases, des phrases afin de gagner du temps et d'empêcher les autres de se livrer à leur élan oratoire.

### DE VOLLER..

Nous ferons des contes, nous dirons même des bêtises ; il faut bien se sacrifier au bien public.

### LE MINISTRE (*s'adressant aux autres députés*).

Pour vous, Messieurs, n'oubliez pas les Oh ! les Ah ! et les cris de : *A la question !*....

### UN DÉPUTÉ.

Moi je rirai bien fort.....

### UN AUTRE.

Moi je jouerai l'indignation et la surprise.

### UN AUTRE.

Moi je me charge des grosses plaisanteries et des interruptious facétieuses !

### LE MINISTRE.

C'est cela, chacun son affaire et tout ira bien. Ah ! j'oubliais ; que pendant les débats quelques-uns d'entre vous se détachent en éclaireurs dans les rangs ennemis ; là, qu'ils causent, qu'ils mettent en œuvre tous les moyens pour rattacher à nous certains membres.

#### De Vilken.

On doit surtout s'attaquer à ses parens et à ses amis et le prendre par leur côté faible.

#### Le Ministre.

Avec de si grandes précautions toutes les chances de majorité sont en notre faveur. Que personne ne manque de mettre sa boule dans l'urne ; un seul vote est de la plus grande importance. Songez qu'il y va de notre salut à tous et de ma propre gloire ; c'est mon système qui succombera ou sortira brillant de cette épreuve ; c'est l'ouvrage de vingt années de méditations et travaux qui peut être détruit en quelques heures. Si mon chef-d'œuvre politique l'emporte, je suis proclamé la plus forte tête de l'Europe, je suis choyé par la diète, remarqué par le prince de Metternich ! si le parti populaire prévaut, je suis un homme mort...

#### Tous.

Et nous aussi nous sommes morts !

#### De Vilken.

Un ministère patriote ne nous prodiguera plus de places lucratives pour nos fils, nos neveux et nos cousins...

#### De Voller.

Il ne souffrira pas le cumul....

#### Un Député.

Il ne donnera plus des dîners administratifs... Hélas !

## LE MINISTRE.

C'est pour cela, Messieurs, qu'il faut combattre vaillamment *pro aris et focis* et nous former en bataillon serré. — Mais, à propos, où donc est Simmer?

## DE VILKEN.

C'est vrai..... Je suis étonné qu'il ne soit pas là... lui... un des plus assidus et des plus bruyans soutiens du gouvernement... Il ne nous a jamais été plus nécessaire qu'aujourd'hui, je cours le chercher et je le ramène...

## LE MINISTRE.

Ne tardez pas ; vous nous retrouverez à la chambre... Allons, Messieurs, l'heure a sonné ; marchons au combat.

( *Ils sortent.* )

III.

# ZELMIRE.

———

( *La maison du député Simmer.* )

## MADAME SIMMER.

Non, Monsieur Simmer, je vous le répète, je ne veux pas que vous sortiez.

8

### SIMMER.

Mais, madame Simmer, je ne puis m'absenter de la Chambre en ce moment.... Jamais il ne s'est présenté une occasion plus favorable de témoigner au ministère ma reconnaissance pour toutes les bontés dont il m'a comblé moi et ma famille, pour tous les repas auxquels il m'a invité... En consience, je lui dois mon secours aujourd'hui...

### MADAME SIMMER.

Vous ne sortirez pas...

### SIMMER.

Comment, je ne sortirai pas. Il le faut pourtant et de suite...

### MADAME SIMMER.

Grand Dieu! Comment avez-vous l'ame assez dure pour m'abandonner dans l'affreuse position où je suis, lorsque vous voyez là, sur ce coussin ma pauvre petite chienne Zelmire à l'agonie! Barbare! d'un instant à l'autre elle peut trépasser dans mes bras, et j'en trépasserai moi aussi, cela est sûr, si vous n'êtes pas là pour me consoler et me soutenir dans mon affliction! Allez, vous ne voulez que ma mort.. cruel homme! ( *Elle tombe évanouie et baignée de pleurs sur un fauteuil.* )

Simmer ( *courant à elle* ).

Je reste.... je reste. ( *il lui frappe dans les mains*. ) Ma poule, reviens à toi...

## IV.

# L'EMBARRAS.

———

( *La maison de Simmer* ).

De Vilken ( *arrivant essouflé* ).

Mais, mon cher Simmer, votre conduite est vraiment inconcevable ! Vous êtes encore ici ?

### Simmer.

Chut ! Chut ! je vous en supplie.... ma femme s'est trouvée mal parce que j'ai voulu aller à la Chambre... Prenez garde qu'elle ne vous entende.... Elle ferait une scène....

### De Vilken.

Ah ! c'est trop fort ! Devez-vous vous laisser arrêter par votre femme quand on agite maintenant une question de laquelle dépend notre existence politique et sociale à tous ! Vous vous perdez ! Le premier ministre a déjà remarqué vorre absence et elle lui a semblé fort extraordinaire ! ´

SIMMER.

Ah ! quel malheur ! Je suis honni à la cour !
Je suis destitué de toutes mes sinécures !

DE VILKEN.

Il n'y a qu'un moyen d'éviter cela ; venez vite !

SIMMER ( *à voix basse.* )

Allez devant, je vous suis.... Je vais parler
à ma femme un langage sévère.... Vous con-
cevez que je ne veux pas de témoin.... Allez
donc toujours... Je ne serai pas long.

DE VILKEN.

Dépêchez-vous au moins.

SIMMER.

Oui , oui...

## v.

# LE PÈRE DE FAMILLE.

---

*( La maison de Simmer. )*

MADAME SIMMER *( se relevant à la hâte du fauteuil et arrêtant son mari qui avait pris son chapeau et gagnait la porte à petit bruit ).*

Où allez-vous donc, Monsieur ? Croyez-vous que je n'aie pas entendu ce que vous a dit cet imbécile de Vilken ! Si je n'avais pas craint une esclandre, je serais revenue de mon évanouissement et je l'aurais arrangé comme il le mérite ! Vous, demeurez ici.

SIMMER *( avec gravité. )*

Madame, cela est impossible... L'Etat est en danger et réclame mon appui.

MADAME SIMMER.

L'Etat se soucie bien de votre appui et de vous !

SIMMER *( dignement. )*

Dans une circonstance aussi difficile je méprise les injures et je sors....

MADAME SIMMER ( *l'arrêtant encore et se jetant à son cou* ).

Oh ! laisse-toi attendrir par mes larmes et mes baisers, bon ami ! Ne quitte pas dans ce terrible moment celle qui t'aime, celle qui est la compagne de ta vie.

SIMMER ( *cherchant à se débarrasser* ).

Allons, voila que je m'attendris !... Mais il faut.....

MADAME SIMMER.

Hélas ! Entends le râle de mort de cette infortunée Zelmire..... Si tu persistes, je la suivrai de près....

SIMMER.

Il est nécessaire pourtant, ma chère femme...

MADAME SIMMER ( *se dégageant vivement et appelant ses enfans qui jouent dans une pièce voisine* ).

Hermann ! Fritz ! venez mes enfans, venez retenir votre père qui veut nous quitter.

HERMANN et FRITZ ( *s'accrochant aux jambes de leur père, et d'une voix criarde* ).

Papa, ne t'en vas pas, reste avec nous....

**SIMMER.**

Quelle position pour un homme sensible....

**UN CRIEUR PUBLIC** ( *dans la rue* ).

Achetez vite, Messieurs, achetez vite.... Voila qui vous annonce le rejet du projet de loi du gouvernement et la retraite du ministère... Tout cela pour un sou...!

## VI.

# LA DÉCONFITURE.

( *La maison de Simmer.* )

**SIMMER** ( *à Vilken qui entre pâle et défait* ).

QU'ENTENDS-JE.... N'est-ce point une fausse nouvelle ?

**VILKEN.**

Malheureux que vous êtes ! C'est votre absence qui nous a perdus ! La première épreuve avoit été douteuse et une voix de plus nous aurait rallié les faibles et les timides ! Au second tour de scrutin nos adversaires l'ont emporté !

Dans son désespoir le ministre est rentré chez lui et s'est brûlé la cervelle.

SIMMER.

Oh! mon Dieu! Est-il possible.....

VILKEN.

Toute la noblesse émigre, s'enfuit devant le torrent révolutionnaire... Moi-même je pars et je viens vous faire mes adieux.

SIMMER.

C'est pourtant cette maudite chienne qui est la cause de tout cela....

MADAME SIMMER (*poussant un cri et se jettant sur Zelmire*).

Elle n'existe plus !

PATRICK (*haranguant la foule dans la rue et d'une voix forte*).

Mes amis, notre cause a triomphé ! sous un gouvernement représentatif la voix du peuple finit toujours par se faire entendre! Vive le gouvernement représentatif! Vive le grand Duc !

LE PEUPLE.

Vive le grand Duc ! vive le gouvernement représentatif.

# Le Canut.

Dies'iræ, dies illa....

I.

# PAUVRE MÉNAGE.

———◆———

Les ouvriers sont la plaie de la société.
( JOURNAL DES DÉBATS. )

— Rose, voila ma pièce finie ; je vais la porter au magasin.

— Et il faut y aller bien vite , car nous n'a-
vons plus que quarante sous à la maison.

—Rose disait cela sans quitter l'aiguille , avec
aussi peu d'émotion qu'elle aurait dit une chose
très-ordinaire , comme si au bout de ces quarante sous la faim ne devait pas la prendre à la
gorge , elle et sa famille. Le peuple a le bonheur
de vivre avec insouciance sa vie au jour le jour ;
il voit arriver son dernier sou sans angoisse et
semble compter pour le lendemain sur la bonté
de Dieu qui n'abandonne jamais sa créature.
Sans cela il y aurait quelque chose de trop fati-
guant dans cette lutte continuelle avec les be-
soins du corps , dans cette crainte toujours re-
nouvelée de rester sans pain. L'artiste du moins
a pour le soutenir dans sa carrière aventureuse le
sentiment exalté de son art , de temps en temps

quelques accidens heureux de passion ou de fortune, ici une femme qui l'aime de cœur, là un
voyage avec un seigneur russe ou un riche an-
glais sous le ciel poétique de l'Italie, puis des
amis joyeux, des soupers arrosés de Cham-
pagne qui se prolongent bien avant dans la nuit,
enfin l'espoir de voir un jour son nom entouré de quelque renommée, son talent récom-
pensé par une certaine aisance. L'ouvrier n'a que
des jours de labeur et de peine, des sueurs au
profit d'une aristocratie dédaigneuse, une existence sans avenir et sans jouissance du moment,
sans variété et sans teinte poétique, grossière
et d'une réalité toute matérielle, pas d'autre
but que de vivre et d'arriver péniblement à la
mort qui met de côté tout privilége et fait
l'égalité des cadavres. Ceci est beaucoup plus
triste.

Jacques Lebras travaillait dans la soierie et
habitait Lyon; il avait épousé une jeune coutu-
rière de dix-sept ans, Rose Dupuis, et en avait
eu trois enfans en quatre ans d'union. La canaille
suit à la lettre le précepte de Dieu : *Croissez
et multipliez.* Là la nature n'est pas soumise au
calcul, et on ne se règle pas d'avance sur la
portion d'héritage qu'on veut laisser à chacun de
ses enfans; on leur donne deux bons bras et une
santé robuste pour tout bien.

Jacques mit sa veste et sortit avec sa pièce

sous le bras. Arrivé chez le fabricant il fut obligé d'attendre quelque temps dans l'espèce de cage d'où le canut livre son ouvrage au commis retranché derrière les barreaux ; son tour vint. On vouloit lui rabattre quelque chose sur la façon ; hardi et peu endurant il adressa des réclamations énergiques et dit que c'était une infamie de spéculer ainsi sur la fatigue du pauvre ouvrier. Le commis lui accorda ce qu'il demandait pour ne pas prolonger une discussion qui donnait du courage aux plus timides et aurait infailliblement excité une foule de réclamations.

— Voulez-vous me donner de l'ouvrage , continua Jacques d'un ton radouci ?

— Il n'y en a pas, reprit sèchement le commis.

— Mais il me semble pourtant que d'autres viennent d'en emporter...

— Il n'y en a plus , vous dis-je ! Est-ce fini ? J'espère que vous ne me forcerez pas à vous confier des pièces quand je n'en ai pas... ! Voyons un autre....

Jacques essuya vite avec sa main une larme de rage qu'il n'aurait pas voulu montrer à cet homme et partit. Il se sentait humilié d'être contraint à céder devant cette puissance de l'argent. Depuis long-temps il travaillait pour la même maison, avait souffert plusieurs injustices en silence et n'avait pu s'empêcher de se révolter enfin contre un abus criant ; maintenant il fallait chercher et surtout trouver de l'occupation chez un autre fabricant. Mais d'ici là lui à qui ses charges domestiques ne permettaient pas de faire des économies, comment donnerait-il du pain à ses enfans quand ils lui en demanderaient à grands cris ? Comment pourrait-il supporter les larmes et les gémissemens de sa pauvre femme !

Huit heures sonnaient ; il se détourna un peu de sa route pour passer dans un cabaret où se réunissaient quelques compagnons de ses amis ; il voulait leur demander s'ils ne pouvaient lui procurer de la besogne chez quelqu'un de leurs patrons respectifs.

— Ah ! ah ! voila Jacques Lebras, s'écria un des anciens camarades d'apprentissage de notre ouvrier. — Jacques, approche un tabouret et prends un verre de vin avec moi ; nous allons rire.

— Je n'ai guères envie de boire et de rire, vois-tu, Léonard. Je n'ai plus d'ouvrage et je viens en chercher.

— C'est toujours la même chanson, dit en l'interrompant un individu assis à une table voisine et vêtu d'une longue redingotte noire un peu rapée. — Vous prétendez tous que vous n'avez pas d'ouvrage, que vous mourez de faim.... Il y a peut-être bien un peu de votre faute....

— Ce reproche là ne me regarde pas, reprit Jacques.... Car j'ai toujours travaillé avec conscience et je n'ai jamais perdu mon temps.

— Vous ne me comprenez pas , l'ami.... Il y a de votre faute en ce sens que c'est la faute du gouvernement et qu'il ne tiendrait qu'à vous de travailler...

Les deux ouvriers se regardèrent un instant étonnés.

— M'entendez-vous ?

— Oui , oui, à peu-près. Je sais bien que les affaires ne vont pas tout-à-fait comme elles devraient aller. Mais enfin il n'y a encore rien de perdu ; on peut facilement revenir à bien.

— Bah ! Il n'y a qu'un seul moyen de voir revenir l'ouvrage et les bonnes journées... Voulez-vous que je vous conte cela entre nous, bien bas.... Tenez... je vais vous glisser ma recette dans le tuyau de l'oreille.... Approchez... — Pour que le commerce reprenne.... — Il faut que les autres soient revenus....

— Qui donc ça , les autres ?

— Et bien ceux qui occupaient et secouraient l'ouvrier , ceux qui pendant quinze ans vous ont fait vivre en joie, ceux qui sont exilés , ceux du drapeau blanc, enfin.

Un éclair de colère passa dans les yeux des Canuts.

— Monsieur , dit Jacques, cessons de causer... sur cet article-là nous ne serons jamais d'accord.. Pour ma part je vous avouerai que je déteste du fond du cœur ces Bourbons qui sont rentrés deux

fois en France à la suite des cosaques et qui plus
tard se sont donnés aux Jésuites et ont versé le
sang français sur les pavés de Paris... Je ne leur
pardonnerai jamais cela, et je vous réponds que
s'ils avaient le malheur de remettre le pied chez
nous, je ne serais pas le dernier à prendre le
fusil pour leur faire lâcher prise

L'homme à la longue redingotte noire fit une
grimace expressive et se leva :

J'espère, camarade, que vous reviendrez à de
meilleurs sentimens quand vous aurez encore un
peu souffert... Je m'intéresse à vous et je veux
vous donner de bons conseils... Venez me voir
rue de la Charité, n° 32 ; vous demanderez M. Joseph. En attendant, voici... — Il se baissa vers
lui et lui glissa quelque chose dans la main.
— ··· voici cinquante francs pour subvenir à vos
premières nécessités.

—Monsieur, s'écria Jacques avec indignation
et en jettant les cinquante francs sur la table, je
ne veux voir ni vous ni votre argent. Et partez
vite, parce que si j'avertissais les camarades,
votre affaire ne serait par bonne.

L'homme noir ramassa son argent et se hâta
prudemment de s'esquiver.

—As-tu jamais vu un pareil cafard, dit
Jacques à son camarade en lui souhaitant le bon
soir. Je ne voudrais pas devenir riche au prix
qu'il me proposait.

— Ni moi non plus , ma foi.

Et ils retournèrent tous deux au sein de leur pauvreté.

## II.

# LE PATRON.

—————

> J'étendais ma main sur la lisière des champs ,
> et le bouquet, ainsi emporté, faisait ma joie.
> C'était deja une conquête. Peut-être etait-ce là ce
> qui me charmait, autant et plus que le bleu
> eclatant de ces fleurs et leur léger parfum,
> ( N. A. DE SALVANDY. )

EN rentrant Jacques annonça à Rose l'alterca-
tion qu'il avait eue avec le commis et le fâcheux
résultat qu'elle avait amenée. Elle en fut bien
abattue ; de son seul travail elle ne pouvait suf-
fire à la dépense journalière de la maison. Le
canut distribua à ses enfans le repas du soir
avec une tristesse qu'il chercha en vain à dissi-
muler ; il n'était pas sûr de pouvoir leur en donner autant le lendemain. Au lit sa femme l'entendit pleurer et remarqua qu'il cachait sa tête
sous l'oreiller pour ne pas être entendu ; elle
chercha à le consoler et finit par lui rendre un
peu de tranquillité et de courage. Cependant
elle-même ne se livra pas au sommeil ; toute la
nuit elle fut occupée à aviser aux moyens de sortir de la crise où ils se trouvaient. « Alors elle

9

» pensa que Jacques avait peut-être été un peu
» trop brusque; elle ira trouver M. Boursault, le
» fabricant pour lequel il travaillait; elle le sup-
» pliera de ne pas retirer l'ouvrage à son mari,
» elle lui parlera de ses enfans, de la détresse
» où ils vont tomber; il se laissera attendrir et
» le pauvre ménage pourra encore subsister. »
Le matin pendant que Jacques était déja sorti
pour trouver de l'occupation, elle fit un peu de
toilette et se dirigea vers le magasin.

Elle était jolie, Rose; son teint frais et animé
faisait ressortir la douceur de ses yeux bleus; la
simplicité de sa parure, sa tournure sans apprêts
et sans roideur, sa grace naturelle et sans affé-
terie donnaient de suite bonne opinion de sa
beauté. Elle avait une de ces physionomies sur
lesquelles l'œil fatigué aime à s'arrêter après
avoir passé en revue dans une brillante prome-
nade toutes ces figures de jeune fille masquées,
minaudières, jouant l'expression et grimaçant la
nature; ainsi en sortant d'une serre chaude ou
des fleurs étrangères croissent à grand'peine et
dépourvues de cette végétation brillante, de
cet abandon gracieux dont elles se parent sous le
ciel de la patrie, on revoit avec plus de plaisir la
timide violette et l'humble bluet des champs.

Elle arriva et entra d'un pas timide dans le
bureau; Boursault s'y trouvait à ce moment. En
voyant la jeune femme il sourit, fit un signe

d'intelligence à son commis qui était habitué à pareille fête et rentra dans son appartement ; on pria Rose de passer dans l'appartement de M. Boursault.

— Que puis-je faire pour vous, ma belle enfant ?

— Monsieur....

— Oh ! n'ayez pas peur, je ne suis pas un tigre...

Et il se mit à rire comme Odry lorsqu'il vient de faire un calembourg.

— Monsieur, vous avez refusé de l'ouvrage à Jacques Lebras, mon mari....

— Ah ! vous êtes mariée... L'heureux mortel celui qui possède tant de charmes... !

Il allait continuer une série de galanteries à l'usage des mauvais sujets vis-à-vis les femmes mariées, lorsque Rose l'interrompant et feignant de n'avoir pas entendu :

— Monsieur, je viens vous prier de rendre votre pratique à Jacques... Car nous n'avons pas d'autre ressource.

— Comment donc, ma charmante, mais cela peut se faire.... très-bien, très-bien....

Tout en parlant il l'attirait sur le sopha où il était assis et lui passait la main autour de la taille. Rose qui ne s'attendait pas à une pareille réception était à côté de lui, rouge, tremblante ne sachant que faire, n'osant pas encore le repousser ; car elle songeait, la pauvre mère, à la faim de ses enfans.

— Cependant je mets à cela une petite condition, reprit Boursault.

Elle trembla et s'empressa de lui dire :

— Oh ! Monsieur, j'aurai pour vous la reconnaissance la plus vive...

— Justement, mon ange, c'est de la reconnaissance que je demande...

Il s'approcha d'elle les yeux brillans et lui posa la main sur le cou afin de l'embrasser. Rose perdit tout espoir :

— Laissez-moi, Monsieur... s'écria-t-elle avec un accent de colère et en se débattant vivement.

— Allons, cruelle.... ne viens-tu pas de me promettre...?

Il la saisit vigoureusement et chercha à la retenir entre ses bras. Rose lutta avec force, se dégagea adroitement, le repoussa sur le sopha se précipita vers la porte et entra vite dans le bureau ; Boursault n'osa pas l'y poursuivre au milieu des personnes qui étaient là.

— C'est une des plus rebelles que j'aie rencontrées, dit-il en lui-même en se peignant les favoris devant une glace. — Jamais on ne m'a résisté ainsi !

Le gros fat ! Il voulait dire que jamais on n'avait résisté à son argent ; car c'est la séduction ordinaire que mettent en avant nos grands seigneurs de nouvelle espèce. Dans l'ancien régime, lorsqu'un Sévigné ou un Richelieu avait remar-·qué quelque fille au joli minois, avant de parler diamans, petite maison et carrosse, il parlait cœur et passion et tâchait de se faire aimer pour lui-même. Les Marion Delorme et les Ninon n'auraient eu que du dédain pour un adorateur dont tout le mérite eût sonné en écus et qui leur eût proposé un contrat de vente au lieu d'un accord d'amour. Maintenant les despotes à coffre-fort se présentent dans le boudoir d'une femme la bourse à la main comme ils entrent chez le commissaire-priseur un jour d'adjudication ; ils marchandent la passion et ont une maîtresse comme ils ont un comptoir. Si j'étais peintre et que je voulusse représenter l'amour de ce temps-ci je lui mettrais un sac d'argent en guise de carquois et un billet de banque sur les yeux. Siècle d'agioteurs !

## III.

## LE MARI.

Dévoré d'indignation, je conservais ma
sérénité extérieure.

(M. E. BULWER.)

LORSQUE Rose revint à la maison elle trouva
son mari la tête appuyée sur ses deux mains et
tout affligé de l'inutilité de ses courses. Lui la
voyant embarrassée, le teint enflammé, les yeux
humides, lui demanda d'où elle venait ; elle lui
avoua d'abord sa démarche auprès de Boursault.
Jacques lui fit de vifs reproches de ne l'avoir
pas consulté avant de s'abaisser à supplier cet
homme. Mais que devint-il lorsqu'il apprit la
condition que Boursault avait mise à la demande
de Rose et l'indigne attaque à laquelle celle-ci
avait été exposée. — Il devint pâle tout à coup,
comme lorsqu'on apprend un grand malheur, un
malheur nouveau et inattendu. Il aurait pu tout
supporter, la pauvreté, la faim, des injures ; en
pensant à sa famille il aurait pu courber la tête et
se taire sous une humiliation personnelle ; mais

être insulté dans ce qu'il avait de plus cher au
monde ! être déshonoré dans l'honneur de sa
femme ! être regardé comme un homme qui
peut manger un pain acheté à ce prix ! Son sang
bouillonnait dans ses veines. C'est là l'injure que le
pauvre ressent le plus douloureusement ; ces iné-
galités factices de fortune et de condition que
la main des hommes lui a imposées, il les subit
par nécessité et par habitude ; mais il est fier de
l'égalité des dons que la nature distribue à tous
les mortels ; et dès qu'une caste élevée veut encore les attirer à elle et avoir seule le privilége des
jouissances qui doivent appartenir à tous ; dès
qu'elle porte atteinte au seul bien dont elle ne
puisse s'arroger le monopole, alors le pauvre se
révolte comme d'une infraction à un traité passé
entre lui et Dieu qui lui a donné cette unique
compensation à tant de maux et de misères.

Jacques s'en alla sans mot dire. Il court chez
Boursault et demande à lui parler. L'Adonis de la
fabrique trompé par le nom crut que la jeune
femme revenait ; il ordonna à la hâte de faire entrer et prit pour la recevoir un air riant et triom-
phateur. Mais quel fut son désappointement lorsqu'il vit entrer Jacques.

— Vous êtes un malhonnête homme, lui dit
celui-ci brusquement et sans préambule.

— Hé bien ! Quest-ce cela ? s'écria Boursault
étonné d'un pareil langage dans la bouche d'un
canut.

— Comment'! non seulement vous n'avez pas
honte de vous engraisser du travail des malheureux
ouvriers ! il faut encore que vous vous appro-
priez leurs femmes et leurs filles ! cela vous arrive souvent, Messieurs les richards ! mais si jusqu'ici vous avez eu affaire à des niais ou à
des gens qui préfèrent la honte à la misère , je
vous réponds que vous n'aurez plus envie de vous
frotter à Jacques Lebras.

— Ah ! je comprends ! fit Boursault en souriant
bêtement.

— Eh ! bien, mon cher Monsieur, si vous comprenez, j'espère que vous ne refuserez pas de me
rendre raison... Je manie encore assez bien le
briquet pour vous voir cinq minutes en face..

— Oh ! oh ! oh ! Finissez donc... J'étouffe ! Il
est excellent avec son briquet... !

— Vous auriez donc la lâcheté de me refuser
satisfaction...

— Allons , mon ami , voilà assez de plaisanteries comme cela... Maintenant je vais prendre la
chose au sérieux.... Partez vite où je vous fais
jeter à la porte par mes domestiques !

— Me faire jeter à la porte !

Jacques ne voyant plus aucune ressource [de
vengeance pour lui après ce refus, exaspéré de
s'entendre encore insulté , hors de lui, s'élance
tout à coup sur Boursault, le saisit à la gorge, le
renverse et, lui mettant un genou sur la poitrine :

—Demande-moi pardon de ton injure, criait-il d'une voix forte...

Boursault en se débattant sous la pression vigoureuse de son antagoniste, saisit le cordon de la sonnette.

Les domestiques accoururent et débarrassèrent leur maître sans toutefois user de violence envers l'ouvrier dont les regards foudroyans leur en imposaient. Boursault, essoufflé, rendu, s'écriait d'une voix entrecoupée : « Ah ! le scélérat ! C'est » un vrai guet-à-pens ! comme il m'a arrangé ! » Mais j'ai des témoins et ton affaire est bonne. »

Cependant Jacques sortit la tête haute et d'un pas tranquille.

Il fut cité par Boursault en police correctionnelle et grace au talent d'un jeune avocat qui plaida sa cause de bonne volonté il ne fut condamné qu'à deux mois de prison, cent francs de dommages et intérêts et aux frais du procès.

C'était déjà trop pour lui.

S'il avait été riche peut-être il aurait pu aussi lui aller d'abord demander satisfaction aux tribunaux ! Mais il aurait fallu perdre aux audiences des journées de travail; il aurait fallu faire de premiers frais et risquer une perte d'argent en cas d'échec ! Et ces journées de travail le faisaient vivre avec sa famille ! Et il n'avait pas de quoi faire ces premiers frais et risquer cette perte d'argent ! Mais Boursault pouvait payer et la justice lui prêtait une oreille plus docile.

Ainsi la prétendue égalité des Français en face de la loi tombe et se brise devant l'inégalité des fortunes. Cette lèpre corrompt et mange au cœur les institutions les plus sages et nos législateurs n'ont pu s'empêcher de jeter un peu d'or dans la balance de Thémis. La justice ne cessera d'être une illusion pour la majeure partie de nous que lorsqu'un gouvernement ami du peuple établira des défenseurs d'office chargés de poursuivre gratuitement la réparation des injures qui auront été faites au pauvre, et de traîner le coupable devant ses juges en l'arrachant du sein de son opulence qui ne sera plus pour lui un gage d'impunité ! Jusque là quand on nous parlera d'égalité devant la loi, nous répondrons : amère dérision ! Et cette parole aura de l'écho dans les masses.

IV.

# LA PRISON.

> Les pleurs, les gémissemens me poursuivirent dans la rue.
>
> ( CH. NODIER. )

CE qui inquiétait le plus Jacques entre les quatre murailles où la justice l'avait mis, c'était le sort de sa femme et de ses enfans. Depuis trois jours qu'il était là on n'était pas encore venu‚le voir et il vivait dans de cruelles angoisses. Un matin la porte s'ouvre et Rose entre.

Jacques lui saute au cou :

— Que fais-tu ? Comment vivez-vous ? Pourquoi as-tu tant tardé ?

Rose étourdie de ces questions rapides le mène vers une chaise, l'y fait asseoir, se place sur ses genoux et lui raconte ce qui lui est arrivé :

— Pour payer les frais du procès on a saisi et vendu notre petit mobilier.... J'ai trouvé à louer un grenier où nous demeurons.

— Pauvre femme... — Et il l'embrassait en pleurant....

— Puis j'ai cherché de l'ouvrage afin de pouvoir nourrir nos enfans... Voila pourquoi je ne suis pas venue plus tôt... Tu ne m'en veux pas, nest-ce pas... ?

— Oh ! non, non...!

— Comme je gagne bien peu, nous ne mangeons qu'une fois par jour, mais nous mangeons enfin...!

Jacques sanglottait et couvrait sa femme de baisers.

Les heures se passèrent vite à aviser aux moyens de passer ce moment critique, à parler de leur bonheur quand ils seraient libres et réunis !

Jacques témoigna à Rose, sa crainte que pendant son absence, Boursault ne se portât à quel-

que violence envers elle. « Oh ! lui disait-il avec
» rage, si ce scélérat osait le faire, accours ici,
» refugie-toi dans mes bras.... il ne viendra pas
» t'y chercher... »

Et cette idée surtout l'entretenait dans un état
d'irritation et de malaise qui le tuait.

Cependant le geolier annonça que l'heure de
la sortie des visiteurs était arrivée.

— Je ne veux pas que tu t'en ailles, s'écria
Jacques, il pourrait te rencontrer et te faire du
mal... et je ne serais pas là pour te défendre...

— Il faut bien qu'elle sorte cependant,.... reprit le geolier.

— Tu ne t'en iras pas... je ne serais pas là
pour te défendre...

Et il la tenait embrassée étroitement et ne
voulait pas la lâcher malgré ses efforts et ses sup
plications. C'est en vain que le geolier lui montrait le réglement ; il le repoussait et n'écoutait
que sa douleur.

— Allons, il faut employer les grands moyens,
dit l'homme aux clefs.

Il alla chercher quatre hommes et un caporal.
On arracha violemment Rose à son mari qui criait
d'une voix déchirante :

— Oh ! ne m'abandonne pas.... Et toi aussi tu
veux me quitter..... Il te fera du mal....

— Et quand elle fut sortie, éplorée et larmoyante, il resta là, étendu misérable sur le carreau. Force était restée au réglement.

Jacques souffrait bien, retenu dans sa prison par la main de fer de la loi et s'imaginant toujours que Rose était peut-être au moment même en butte aux brutales séductions du négociant. Alors il avait la fièvre, ses bras se roidissaient, et il aurait voulu renverser les murs. Jamais il n'avait si bien senti le prix de la liberté.

Tous les jours sa femme venait le voir et lui amenait ses enfans à embrasser ; tous les jours en la voyant partir il éprouvait la même souffrance.

Ah ! il s'amassait dans son sein un gros levain de haine contre les oppresseurs de sa classe.

V.

## L'INSURRECTION.

L'aube luit ; le tocsin dont la langue est connue,
Cette voix de l'enfer qui tombe de la nue
Epanche la terreur sur tout homme vivant.
Aux armes, citoyens ! Levez-vous ! En avant !
( BARTHÉLEMY. )

LE jour de la délivrance arriva ; Jacques sortit de prison. Comme son pied foulait joyeusement le pavé de la ville ! Comme sa poitrine se gon-flait de plaisir au vent libre des rues ! Il courut chez lui.

Arrivé à la Croix-Rousse, il y remarque du tumulte. Il rencontre Léonard effaré qui lui dit :

— Les fabricans ont refusé le tarif. La garde nationale monte à la Croix-Rousse pour disperser les rassemblemens d'ouvriers. On dit que des coups de fusil se sont fait entendre vers la Grande-Côte.

A ces mots de fabricans, Jacques se précipite vers des groupes de canuts qui criaient : aux armes ! Il les excite, il les anime de sa haine. Il saisit une carabine qu'on lui présente ; il dirige la foule vers le lieu où le bruit éclate. Il grince des dents en se voyant en face de ceux qu'il déteste et au moment où il va ajuster l'un deux, il tombe.

— C'était Boursault, qui peut-être par hazard, l'avait frappé d'une balle au front.

Le lendemain Jacques le factieux fut jeté pêle-mêle avec d'autres à la fosse commune. Il n'y eut que Rose qui parla encore de lui et le pleura.

Boursault, rentré dans Lyon à la suite du prince royal, reçut la croix d'honneur et les actions de grace du journal officiel.

# TABLE

# ERRATA.

---

.Page 35, ligne 22, au lieu de *Héloïse* lisez *Julie*.

Page 82, ligne I, au lieu de *millitaires* lisez *militaires*.

Page 84 ligne I, au lieu de *échapper* lisez *se soustraire*.

Page 93, ligne 4, au lieu de *embarassées* lisez *embarrassées*.

Page 94, ligne I, au lieu de *jetta* lisez *jeta*.

Page 106, ligne I, au lieu de *aujourd'ui* lisez *aujourd'hui*.

Page 112, ligne 3 au lieu de *le* lisez *les*.

Page 112, ligne 28, au lieu de *des* lisez *de*.

LYON, IMPRIMERIE PERRIN, RUE ST-DOMINIQUE, N 13

www.ingramcontent.com/pod-product-compliance
Lightning Source LLC
Chambersburg PA
CBHW070857030726
47504CB00005B/1372